円形校舎に夕陽が沈む

福田眞由美

東京図書出版

円形校舎に夕陽が沈む　目次

春菜の進学事情

冬木春菜が春から通うことになった高校は、東京の外れにあった。

どちらかといえば、常に前向き思考で、与えられた環境に順応するのが素早い春菜が今回に限って今一つ意気が上がらなかったのは、自分の意志で決めた学校ではなかったことが原因だ。


お父さんのお父さん、つまりおじいちゃんが友だちだったという漢学者が設立したこの学校に『孫が生まれたらぜひ通わせたい』と約束したのだそうだ。

おばあちゃんにも「春菜はこの学校に通ってね」と頼まれてしまった。

春菜が生まれたときは、すでにおじいちゃんはいなかったし、お仏壇の中でキッとこちらを見つめている写真はとてもハンサムでかっこいいと思っていたけれど、この頃春菜は「何だか自信満々で自分勝手な人みたい」と思えてしかたがなかった。

それに、春菜はお父さんに自分の考えを言えなかった。

普段からお父さんは、お兄ちゃんにも自分にも真摯に向き合ってじっくり話をきいてくれていたからだ。

高校の先生をしているお父さんが、おばあちゃんの考えに賛成をしているのならそうしようと自分を納得させていた。

『おばあちゃんの長年の夢をかなえてあげたかったからだ』と大学生になった時、お父さんの心の内を初めて聞いたが、当時はお父さんもちょっと嫌いになりかけていた。

いろいろないきさつはあったものの、十五歳の冬木春菜はそれから三年間を私立山下女子学院高等学校の生徒として過ごすことになったのだ。

昭和三十年代初め、小さな工場の多いこの地域も神武景気とかで、何となく町中が活気に満ちていた頃だった。

春菜の家からは、私鉄で横浜まで出て、京浜急行線でかなりの距離を乗る。鶴見・川崎を通過し、六郷川の鉄橋を渡って乗り換え駅で在来線に乗り、小さな最寄り駅につく頃にはもうへとへとになっていた。

都心に向かう通勤通学電車の混み方はそれこそ凄まじかった。

春菜のほっぺたは、知らない人の背中に押しつけられて口が横に広がっていたし、抱えているカバンの金具が、制服を通して胸に当たってすごく痛くても動かすことができないし、お昼に蓋を開けるお弁当は、ご飯もおかずも片っぽうに寄っていた。

それを見るたびに、春菜は忌々しくて、ますますこの学校が好きになれなくなっていた。

春菜たちの降りる在来線の小さな駅は、昼間は閑散としているが、通学時間帯は、油断していたらホームから落っこちそうになるくらい、山下女子学院の中高生でいっぱいになる。

やっとの思いで改札口を通り抜けると、両側に商店や町工場が軒をつらねるメインストリートに出る。

ぴかぴかに磨かれた染め物屋さんのショーウインドウや、出汁のいい匂いを漂わせているお惣菜屋さんや、開けたシャッターの中で造っている機械類が見えている町工場や、いろいろな人々の生活感が漂っている商店街であった。

どの家の門口にも打ち水がしてあったし、手入れの良い鉢植えが置かれたり軒端に吊るされていたりした。

春菜たちは店先にいる人たちには「おはようございます」と挨拶をした。

『地元の方々には、きちんと挨拶をすること』と学校から言われたこともあったが、いつのまにか、自分たちから口に出すようになった。

紺の制服でうめつくされる朝の通りは「はい、おはようさん」とか「おはよう」とかにこにこしながら貰える返事と友だちどうしのおしゃべりの声で、雑多で元気の良い一日が始まるのだった。

春菜は、自分の家のある地域もご近所の方々には、きちんと挨拶をすることが当然だったので、ちょっと心が落ち着く。


通りを抜けると、葦や雑草の茂った湿地の向こうに長い多摩川の土手が見えてくる。

その湿地に入る手前に入り口が三角屋根の木造校舎が建っていた。

L字型の二階建ては各教室の窓が上下に開くようになっていて、焦げ茶色に塗られた窓はこの古い町には場違いなくらいモダンな校舎であった。

校内には、一隅が松林になっている狭い校庭があり、そこに土手を背にして新しい円形校舎が建っていた。

円形校舎は昭和三十年代は、流行の最先端をゆく建て方であった。

山下女子学院高等学校の円形校舎は厳密に言えば半円形校舎である。生徒が急増したため増築した校舎は、特別教室と春菜たち少人数の普通科の生徒の入る校舎であった。

この地域は海苔の養殖と穴子漁や浅蜊漁や海産物加工、それを販売するのを稼業としている家庭が多い。通ってくる生徒たちの多くは家庭科か商業科を希望していたから、教室数の少ない円形校舎には各学年、一クラスだけの普通科の生徒が入ることになったのだ。

「だいたい進学希望の子は、こんなぬるい学校にはこないんだよ」

地元の商店街で家業は自動車修理工場をやっている山本さんが断言した。

山本さんは、都立高校受験を失敗した。悔しがる山本さんとは反対に、両親は『共学の都立にいくと生意気になるから、山下で淑やかな女性になるように躾けてもらえる方がいい』と喜んでいると山本さんは言った。

「うちの親って何考えているのかしらね。ここに来たからってお淑やかになるはずなんて絶対にないのに〜」

と両親の浅慮を鼻先で笑っていた。

山本さんは地元の中学では、先生に反抗するグループに入っていたとちょっと自慢げに言っていた。

山本さんのご両親は『学校の先生に反抗するなんて自分たちには到底考えられないことをしでかすはねっかえりの娘を通わせて普通の女の子にするにはこの学校がいちばん』と喜んでいたのだ。


昔気質のこの辺りでは、家庭科は女の子にはぴったりの科だと多くの親は言っているらしい。

しかし山本さんはそんな考えの両親にも反発して、普通科に入った。

「もし家庭科なんかに行けっていうなら、高校は行かない」

と主張する彼女に両親は折れたそうだ。


入学の時にも保護者と新入生に向けて【本校の教育理念の骨子について】詳しい説明があったがその中でも、女性らしくとか女性としての嗜みだとかいう言葉が何度もでてきたような気がする。ような気がするというのは、校長先生のあまりの話の長さに、途中から全然話なんか聞いてなかったからだ。

ただ【世界に誇り得る日本の女性の資質】とか【社会に貢献しつつ家庭人としての役

割】とか何だか黴の生えそうな言葉が時々耳をかすって流れていった程度だった。

「そんな封建的なのは嫌だ」

春菜の不服に付き添いで来ていたお母さんは、

「元始女性は太陽であった」と女性思想家平塚らいてうの言葉を引用した。

「女性が女性たる資質を発揮できる場所はどこにでもあるのよ。社会に出て男性と同等に働くこともできるし、家庭の中心になって一家を支えていくなんて男の人にはなかなか難しいことも楽々やっているわ。第一どんなに偉そうな男の人だってお母さんから生まれてくるのよ。『自分がいちばん納得できる道に進むための努力を惜しまないで日々を過ごすように』と先生の言葉からも伝わってきたわ。偏差値なんか気にしないで、春菜はいい学校に入ったと思いなさい」

と言った。

『元始女性は太陽であった』は婦人参政権を主張し『青鞜』を創刊した平塚らいてうのことで、「日の川中学校」の社会科の先生に聞いたことがあった。

聞いたことはあったけれど、発祥国のイギリスでさえ当時「生意気」だとか「家の妻にだけはブルーのソックスははかせない」とか多くの男性から反発を受けたほどだから、それに触発されたごくごく一部の女性の提唱を日本で受け入れられたかどうか、はなはだ疑問だと春菜は思っていた。

お母さんは、浮かない春菜の気分を察して、そんな例をだしたのだろう。


そんなこんなの中でも時間は通り過ぎていく。

毎朝寝押しをしたプリーツの線が決まっているか確認し、襟元のリボンを整え、重く膨らんだカバンを提げて玄関を出るところから春菜の一日は始まった。

高校生になってから、長い間お下げにしていた髪型も、前髪を真っすぐに切り、両サイドを顎のところで切りそろえたボブスタイルにかえた。

艶々した髪の毛が四月の風にゆれて、

「いつまでも幼な顔だった春菜も、女子高生の雰囲気が身についてきたこと」

お母さんは、娘の成長に目を細めながらも、人生で一番楽しいはずのこの時期を素直に喜べない高校で過ごすのかと、ちょっと心が痛んでいた。

姑や夫の考えを受け入れざるをえなかった自分を歯痒く思っていたが、お父さん子の春菜にそんな思いが伝わったかどうか。

ちょっと前向きになった春菜の学校生活

春菜の入った円形校舎は、普通科教室だけで、一年から三年まで各クラス三十人前後だったし、最初は怖かった上級生たちは実は皆やさしく、親切だった。

この校舎は、一階が理科室と美術室と畳を敷いたお作法室、二階は音楽室と舞台のある小講室みたいな多目的室になっている。

三階は一年から三年まで各一クラスずつの普通科の教室だったから家庭科や商業科の生徒たちとの接点は極端に少なかった。

そのせいもあってか春菜たち普通科の生徒たちは、「円形校舎の子」と呼ばれていた。

ベンチのあるサンルームみたいな広い廊下は大きなガラス越しに、羽田空港に離着陸する飛行機が間近に見えたし、天気の良い日は屋上に出ると、水面から何かがずらっと突出している大森の海が、光って見えた。

「海の中から生えているのはなにかしら？」

見るたびに春菜は不思議だった。

「あれは、海苔の養殖のために立てている『ひび』っていう篠竹や木の枝だよ。あの近くに私の家の海苔養殖場もあるのよ。そうか、みんなには普通のことでも冬木さんにはめずらしいのね」

と教えてくれたのは家業が海苔の加工と販売をしている同じクラスの子だ。

春の陽の降り注ぐサンルームのベンチでみんなでお弁当を広げている時だった。

のんびりした穏やかな時間が漂い、春菜もその中にいた。

円形校舎は、砂地の松林の中に建っていたが、その中に白木の柵に囲まれて『恩賜の松』と立て札が立っている場所があった。

春菜たちは、意味もわからないし、関心もなかったけれど、校長先生と、その妹の書道の先生が、その傍を通る時お辞儀をしているのを見かけたことがあった。

「何やってるのかしらね？」

とみんな不思議だったけれど『きっと何かの神様が祀ってあるのよ』ということで落ちついた。

その松には、三年生になると当番順で日直が水やりをするのだそうだ。

「松の木は、水なんかやらなくても枯れないよ」

品川の方で、お父さんとお兄さんが植松という植木屋さんをやっている松下弥生さんがちょっと馬鹿にしたように鼻を鳴らした。

今、松下さんの家では、跡継ぎのお兄さんが、

「これからは造園業と言うんだ」

と言い出して、年季の入った大切な看板の横に「松下造園」と書いた看板を並べたために、揉めているらしい。

「家は江戸時代から続いている植木屋だからお父さんは、植木屋ということに誇りを持っているの。『なあにが造園業だ』とその言葉を認めていないみたいなの」

と松下さんは、仲良しの柳沢さんに言っていた。

何でも宮中にも伺っていて、額に入った感謝状みたいなものが、神棚に掛かっているのだとか。

植松の当主であるお父さんは、毎朝その恐れ多い感謝状に向かって柏手を打ってお辞儀をしている。

印半纏《ばんてん》に、キセルの似合うお父さんの姿は、イキでイナセで本当にカッコイイと、その点は松下さんも大いに認めているところだ。

ところが、

「長男が自分の好きなやり方を通すなら、跡継ぎは、使っている職人の中から見込みのあ

る男を選んで娘婿にしてもいい」

とお父さんが言ったのを聞いた松下さんは、猛反発をした。

婿をとるのは娘の自分に他ならない。

「自分の人生なんだから、自分で決めるのが当然よね。私は絶対に納得しないからね」

柳沢さんに宣言していた松下さんが、自分の思い通りの行動で、当時の春菜たちにとっては、大事件を起こすのは、三年生の夏休みが終わる頃だ。

それは、また後のこととして。

このクラスの友だちの気質は、横浜の日の川中学校の友だちとは随分違っていたが、サバサバした活気があった。気軽に話し掛けてくれたり、春菜にはめずらしい事も教えてくれたりしたが、それが決して押しつけがましいものではない。率直な言動には陰がないことが伝わってきた。

初めは気が進まなかった春菜も、クラスメートと触れ合ううちに少しずつ心のゆとりが出てきていた。

入学した以上ここで過ごさなければならない。

どうせ過ごすなら楽しんだほうがいい。

「自分が不満なだけで、この学校を希望して入ってきた人の方が多い。いいところだっていっぱいあるはずだ」

持ち前のポジティブ思考に切り替えたのは、もうすぐゴールデンウイークに入ろうとしていた四月の終わり頃だ。

それは、体が弱く少し遅れて入ってきた相田加奈子さんの存在が大きかったのかもしれない。

相田さんは、同じ日の川中学校に通っていたが、小学校も違ったし三年間クラスも違ったから話したことがなかった子だ。

絵がすごく上手で、日の川中学校から見える伊達家の洋館を描いた風景画は、中学生の絵画展で、特選になって表彰されたのは春菜も知っていた。

そして、お姉さんが秀才だということも、春菜のお兄ちゃんから聞いたことがあった。

春菜のお兄ちゃんと相田さんのお姉さんは同じ高校に通っていた。

数学が得意なお兄ちゃんが唯一かなわない人がいて、それが女の人で相田さんというのだと言っていたからだ。

「冬木さんが入学しているって先生から聞いたけど、実際に顔を見るまで心配だったわ。貴女の顔を見て、やっと安心したのよ」

その日の一時間目が終わったあと、春菜の席に走ってきた相田さんは、春菜の両手を握って振りながら泣きそうな笑顔を見せた。

「冬木さん」「相田さん」から「ハル」「カナ」と呼び合うのはその瞬間だった。以後大人になって、住む距離は離れていても常に寄り添いあえる終生の友だちとなる二人の出会いであった。


相田さんは、少し体が弱い。とくに春先には体調を崩しがちになる。

小さい時に罹った小児喘息という病気がかなり重くて、一応完治したと言うけれど、やっぱり定期的な検査も必要だし、ちょっとでも風邪を引いて咳き込んだりしたら両親が大事を取って「家に閉じこめてしまう」のだそうだ。

「小学校も中学校も出席日数ぎりぎりだった」と言った後「でも本当はなんでもなかったの。兄が十二歳で結核で亡くなったので、末っ子の私は過剰な保護を受けちゃった」と相田さんは苦笑いをしながら春菜に言った。

受験の日も休んでいたために、行く学校がなくなってしまったそうだ。

受け入れてくれる学校は何校かあったけれど、相田さんには気に入らなかった。そこで、日の川中学校の教務主任が調べたこの学校に決まった。

「冬木さんも入ったということが分かって決めたの」と言った。

「でも通うのに大変じゃない？　私だってあの混み方にへとへとになるのに」

と言う春菜に、

「平気平気、親が心配しすぎなだけだから」

と相田さんは笑いながら言った。

それでも、混雑の対策として電車を二本早くしてみようと話し合ったが、それだと六時半には家を出なければならない。そうするとかなり早く学校に着いてしまう。早く着きすぎた分は「予習することにしよう」と決めた。

予習なんて到底守れるはずもなかったが、決めたときは気分が高揚していたのだ。

でも二人が真剣に話し合ったのは、単に混みあった電車のためだけだったからではない。

二人と反対方面から通学してくる友だちが、困ったことに遭遇したからだ。

反対方向から来るラッシュアワーの電車の混み方も半端ではない。

色が白くてぽっちゃりしているその子は、やさしくおっとりとしている見かけと違って、とてもはきはきしている。

「私なんか、毎朝知らない人とぴったり向かい合っているのよ。女の人ならまだ良いんだけど、男の人の時なんか最悪、おじさんの息が臭いし～」と皆を笑わせていた。

その彼女が、教室に入ってくるなり大きな声を出した。

「今朝、変なことがあったのよ。スカートのお尻のところが何だか気持ちが悪いの。ずっと触られているみたいにムズムズしていて、避けようと思っても身動きできないし、すごく嫌だった。何だったのかしら？」

皆「ええっ」と叫んで教室は騒然となった。

春菜も相田さんも何だかわからないけれど背中がぞっとして「やだ～」と顔を見合わせていた。

「それはきっと痴漢の仕業だよ。満員電車の中で女性の体に触ってくる男がいるって聞いているから。職員室にいって報告した方がいいよ」

と一人が言いだして先生の知るところとなった。

職員室で事情を聞かれたその友だちは、「くれぐれも気をつけるように」と言われたけれどどうやって気をつけたらいいのか誰にも分からなかった。

その日のうちに全校の生徒が体育館に集められ、生徒指導のデンタツたっちゃんから、指導を受けた。

「兎に角、そのような不快な目にあったら、勇気をだして『やめてくださいっ』と叫びなさい。そして傍の人に『助けてください』と言いなさい」

と言った後、デンタツたっちゃんは続けて、

「本校は、各ご家庭の大切な皆さんをおあずかりしている以上、女性にとってもっとも大切な操をお守りする義務があるのです」

と真剣に言った。

「操ってなに？」と思ったが何か大切なものなんだろうなということは理解できた。

でもデンタツたっちゃんの話を聞く時、上級生はいつも肩を震わせている。

必死に笑いをこらえているのが伝わってきて、春菜たちも何が何だか分からないけれど無性におかしくなって困った。

白い襟を出した黒いスーツを着ているたっちゃんはお作法の先生で、生徒指導の主任でもある。勿論、デンタツは田頭達子という名前からだということはすぐに分かったが、もっと明確な理由があるということもすぐに分かった。

何か全校生徒に報せることが起きたとき臨時の校内放送が流れる。

「ピンポンパーン」と鳴るチャイムの音とともに「皆様に重要なご伝達《でんたつ》がございます」

とボリュームたっぷりの音声が響き渡る。

初めの頃は、いったい何事かと耳を澄ませたが「今日のお昼休みに、火災報知機の点検がございます。係の男性が、各教室を回ってきますが、ご承知おきください」だったり「今、校庭に犬が迷い込んでおります。捕獲が済むまで、噛まれないように気をつけてください」だったりどうでもいい事まで伝達したがるのだ。

たっちゃんこと田頭先生は、いつでも生徒たちに善かれと尽くしてくれている。

まだ入学して間もない春菜たちにもそれくらい分かる。

高等専門学校を卒業して以来、四十代半ば過ぎの現在に至るまですべてを山下女子学院高等学校に捧げてきた、真面目で熱心な独身の先生だ。

でもあんまり一生懸命すぎて上級生たちから馬鹿にされているのも、すぐに解ってしまった。

「皆さんの操を〜」を言った時も、その途端『くっくっくっ』と一斉に上級生たちの肩が震えた。

「ねえ、私守ってもらえるんだ」と囁きながら隣の小山さんが春菜を肘でつついたので、春菜はハンカチを口に押し込んで、笑い声が漏れないように必死で頑張っていた。

「それは痴漢だよ、先生に知らせないと」と言った小山さんは名前が操という。

でも、実は笑って済ませる問題ではない。学校から配布されたプリントを見たどこの家庭も、娘の身にいつ起こるかもしれない事態に相当心を痛めていた。

相田さんの家でも、春菜のところでも両親はかなり動揺して心配していたので、早朝の通学は、案外すんなり許してもらえたのだ。


相田さんのお姉さんは「電車通学ならよくあることよ。私の学校は、こんなことで大騒ぎなんかしてくれなかったわ」と鼻先で笑ったそうだ。

「お姉ちゃんは公立だったし、もともとは男子校で女子の数は少なかったし、そんな細かいことはなにもなかったみたいよ。それより何より、私のお姉ちゃんに手を出す勇気のある男の人なんて誰もいないと思うわ」

と相田さんは笑っていたが、たしかにお姉さんは華奢な相田さんとはだいぶ違う。

秀才で、文武両道を行くお姉さんは、剣道の有段者だし、何より天下の東大生だ。

真っすぐのばした背筋、キュッと結んだ口元、対象物をしっかり見つめるかのような眼差しはいかにも意志の強そうな印象を与える。

学校からのプリントを渡された次の日に、妹を送ってきたお姉さんから、

「初めまして、冬木春菜さん。妹をよろしくお願いしますね」

と言われた春菜は『絶対に相田さんを守らなくてはならない』と決心したほどだ。
春菜はとっさに愛読書の『赤毛のアン』に登場するリンド夫人が頭に浮かんだ。ジャガ芋の皮を剝こうと手に取ったら、そのジャガ芋は絶対にリンド夫人から逃れられない運命にあるという思いを抱かせるくらい強い意志が伝わる人だという件《くだり》があるのを思い出したからだ。でもリンド夫人と違うところは、必死に家庭を守ろうとする彼女に対して、相田さんのお姉さんは、あくまで自分の道を突き進もうという気概に満ちているように見えたことだ。

とにかく本当のところは、電車を二本早めたところで、それほどの差があったわけではないが、カバンを下に提げていられるほどの空間はできたから、少しは効果があったのかもしれない。

春菜たちは下着の上にブルマーを着用することを厳命された。それには猛反発する友だちがいっぱいいいた。でも春菜は小さい時から『女の子は腰を冷やしたらいけない』とおばあちゃんの編む赤い毛糸のパンツをはかされていたので、それほど違和感がなかった。
それどころか、厚手の毛糸のパンツより紺のブルマーの方がずっとお洒落な感じでうれしかったほどだ。

春菜は、相田さんと待ちあわせることで、長かった通学時間が楽しくなって五月も半ばを迎えた。

梅雨を控えた五月の気候は少し汗ばむくらいになっていた。

「ピンポンパーン」とチャイムが鳴ったのは、ランチタイムに入ってお弁当箱を開こうとしたときだ。

「皆さんに、大切なご伝達がございます」とデンタツたっちゃんの声が鳴り響いた。

「下着用ブルマーの着用が実施されているかご確認の検査をいたします。一年生から順に保健室にて行いますので、各クラスごとに並んですみやかに行動してください」

「ええ〜?」「何〜?」と一斉に声があがってクラス中が騒然となった。

「いくら何だってやり過ぎだよね」「人権侵害だよ」

春菜は食べかけの卵焼きが口から飛び出しそうになったし、相田さんは飲み込もうとしていたご飯が喉につまってゲホゲホとむせてしまった。

「そんなに操を守ってくれなくても、私は自分で守れるよ」

と小山操さんが憤慨した声を出したので、みんなは思わず吹き出してしまった。

「でも検査って誰がするの？」

「たっちゃん一人じゃできっこないし、きっと三年生の風紀委員の人たちだよ」

と皆口々に意見を言い合ったけれど、結局誰もデンタツたっちゃんの言うことに逆らえるものはいなかった。

ただ一人笹木龍子さんを除いて。

みんなが列をつくってぞろぞろと保健室に向かっていたとき、そこに笹木さんの姿はなかった。

笹木さんは放送を聞いた途端、ブックバンドに括った教科書を肩に引っ掛けて、さっさと帰ってしまったのだ。

服装検査は、予想どおりたっちゃんと三年生の風紀委員が五列になり、私たちを待っていた。

ジャンパースカートの胸のところを引っ張ってちょっと覗いて「はい、ＯＫ」。

こんなことをしたってブラウスとスリップを着ているから、ブルマーをはいているかどうかなんて分かるはずがない。

「馬っ鹿みたい」

「偏差値が低い学校ほど校則が厳しいって言うけどホントそうだよね」

校則破りの抑止のためなんだろうと話し合いながら、面白くなさ過ぎるとみんな不満を膨らませていた。

【偏差値が低い学校ほど校則が厳しい】とは、高校生の間でよく言われていたけれど、この言葉が実感として胸に響いたのは、この時からだ。

山下女子学院高等学校の理解不能な校則列伝

制服やカバンが規定されているのは当然だとして、その外でも覚えきれないほどの校則があった。

■スカートの丈は、踵から二十センチメートル上
■靴下は黒か白のソックスで三つ折りにする
■髪の毛は、肩まで届いたらゴム紐で括る。その場合、リボンや髪留め等の装飾品は付けない
■男女交際は禁じる
■繁華街や映画館など娯楽施設に行くときには、保護者の承諾を得る。その際には、行き先、行く理由、同行者、帰宅時間などを具体的に申請すること
■常に身じまいは清潔にし、高校生らしい清々しい雰囲気を保つこと
■朝は、朝食、身じまいを完遂する時間を確保するように余裕を持って起床すること

と細かいところだらけで『何のために？』と春菜は不思議だった。

清々しい雰囲気って、個人的な感性によることを規則として文章化していることも理解できなかった。

その中でも、地元の履物屋さんの柳沢さんがどうしても承服できない校則が、上級生に対する下級生に義務付けられた礼儀だった。

■廊下で先生や上級生にすれ違うときは、立ち止まって礼をすること

校門の出入りも下級生は上級生に先を譲らなければならない。

「宝塚じゃあるまいし～」と猛反発していた。

姉妹で中学からの持ち上がり組の柳沢さんは、お姉さんも三年生に在校していたから、お姉さんに頭を下げなければならない現実に大いなる不満を抱えていたらしい。

特に姉妹喧嘩をした翌日には、余計腹が立っていたらしい。

「宝塚の人たちは、みんな美人で素敵な人ばかりだけど、なんであんな不細工に頭を下げなきゃならないのよ」

その柳沢さんが、お姉さんの言っていた言葉を皆につたえた。

「今年の一年生はすごく生意気って皆言ってるよ」と。

「ええっなぜ〜？」

クラス中で不満の声が上がった。

「わかんないけど、皆言っているんだって」

その時、小山さんが、重々しく口を挿んだ。

「これは、学校における永遠の課題よ。私も中学の時散々言われ、そして言ったもの」

小山さんは中学の頃はバスケットボールのキャプテンで体育推薦で入学してきた。

体育推薦の理由は抜群の運動神経のよさと身体能力の賜だそうだ。

「だって私、スポーツ以外勉強なんて全然できないもの。中二の時、分数の割り算ができなくて、数学の先生から鉄拳をくらったのよ。その私さえあきれちゃった。

部活の後に『私が新入部員の頃は言われなくたって、後片付けくらいはやったよ』と思ったことといっぱいあったからね。で、やりっ放しで帰ろうとしていた一年生に注意したら彼女たちは物凄く緊張して、謝ってそれからはちゃんとやったもの。みんな気が付かなかっただけだと思う」

とサバサバと言った。

「だからリュウちゃんもお姉さんに言って。陰でぐちゃぐちゃ言ってないで、気が付いたことがあったらちゃんと伝えてって」

皆は小山さんに拍手を送ったけれど、内心では現状は変わらないだろうと解っていた。

そんなこんながあったけれど、実は三年生は春菜たち一年生にはとてもやさしかった。廊下ですれ違うときだって、頭を下げている一年生には、会釈を返してくれたし、校則を守るのは、案外気持ちのいいものだと、気付かせてくれた。

だから私たちは三年生が大好きだった。

それでも柳沢さんは、暴露した。

「お姉ちゃんたちだって、規則通りになんかしていないよ」

パーマネントなんて禁止の中の段トツ一位の禁止事項だけど、お母さんに『生まれ付きの天然パーマです』と書いてもらった証明書を提出すれば通ってしまうそうだ。

渋るお母さんを説得するのが第一の難関、学生証の写真と違うから、その言い訳を考えるのが、第二の難関、そして友だちにチクられないように根回しするのが最大の難関だそうだ。

「でも、証明書は一度書いてもらったら、ずっとその髪を守り通すのって、とても大変だと思うわ」

と相田さんが言ったら、

「お洒落には命を懸けるのよ。あらゆる困難を乗り越える覚悟で挑戦するのよ。その覚悟ができない人は、校則を守って無難な毎日を過ごすしかないの。安泰を取るか波瀾万丈だけど自分の道を行くか、二者択一を選ぶのは自分自身だからね」

と小山さんが、揺るぎない説得力でクラスのみんなを納得させた。

春菜はまだ見たことがなかったけれど、密かに話題になっている三年生がいるらしい。

梅雨に入って蒸し暑い日が続いていた。

どんな時も食欲旺盛な春菜たちには、漸く待っていたお弁当の時間になった。

「昨日の夕方、川崎の駅で三年生の頭を私実際に見たのよ。凄いことになっていた」

小山さんが叫び、みんなはすぐにお弁当箱を持って小山さんの周りを取り囲んだ。

柳沢さんのお姉さんのクラスにとても髪にこだわりのある人がいるのは、みんな聞いていたが、その人のことらしい。

彼女は、毎朝濡らした髪の毛を頭のてっぺんから編み込みの三つ編みにする。

できるだけ細く、左右四本ずつきっちりと固く編み上げる。

編み終わると、頭中三つ編みだらけになる。どう見てもアフリカ系のある人種の髪型に見えるけれど、校則に触れてはいないから誰も文句の付けようがなく『彼女は堂々と自分流スタイルを貫いているのよ』とお姉さんから聞いたと柳沢さんが言ったことがある。

波瀾万丈を選んだメド先輩のこと

いくら校則に触れていないといっても、個性的すぎて、ちょっと勇気のいる髪型だ。当然先生方の心証ははなはだしく良くないが、変身した自分に期待を寄せている彼女は複雑な編み込み作業も苦にならず、授業中も心は宙を舞っていたらしい。

「高校卒業後は短大に行くか真面目なところに勤めてほしい」という両親の願いも振り切った。

自分は勉強なんて苦手だし、決まり通りに働くのなんか向いていないことぐらい親だって解っているはずだ。『学校を出てぶらぶら遊んでいる』と言われないためには、浅蜊の養殖と加工をしている家業を手伝っていると言えばいいし、花嫁修業中だと言えばご近所さんはもっと納得してくれる。

彼女にとって努力という言葉は、髪型が如何に思いどおりになるかということに費やされた。

世界史の授業中、

「ジンギスカンとはどういう人物か？」

と聞かれ、放課後のことで頭がいっぱいだった彼女は、とっさに、

「羊の焼き肉のことです」

と答えたという逸話があるほどだ。

川崎駅のすぐ近くにあるデパートのトイレで、期待に満ちて解く髪は、期待どおりチリチリに広がって女優さんみたいになっているそうだ。

ある日柳沢さんは、

「本人は女優さんみたいと思っているかもしれないけれど、どうみたってあれはメドウサだよ」

目撃した同級生が言ったとお姉さんから聞いたことをみんなに言った。

だから小山さんが、偶然見た姿もすぐ想像できた。

時間をかけた自慢の髪の毛が百匹の蛇でできているメドウサに例えられるなんてちょっと気の毒だけど、ワーっと広がったチリチリの髪の毛は、女優さんか今はやりのファッションモデルか、そうでなければよほどきれいで個性的な人じゃないと無理かもしれない。

でも、自信に満ちているその人には、案外似合っているらしい。

「そんなのが似合うってことは不良っていうことだよ」

小山さんの言葉は、反論の余地はなかった。

それからその人は、春菜のクラスではメド先輩と呼ばれることになった。

当然この学校では、下校時に喫茶店などに寄り道など絶対に許されないけれど、図書館は許可されている。

禁じられている男女交際も、図書館という場所では隠蔽される。

そこに目を付けたメド先輩は、近くの工業高校に通っているボーイフレンドと待ち合わせをするのに自分の学校から三駅先の川崎市にある図書館を選んだ。

受付に学生証を提出すると後は閉館まで自由になる。

理由は受験勉強ということにしたからすんなり入館し、あまり人のこない哲学書や、高度な専門書のコーナーの端っこで二人はじっと手を握り合って過ごすのだそうだ。

春菜たちは、そのボーイフレンドが、どんな人かも是非見てみたかった。

その時不思議そうな顔で相田さんが言った。

「隠れてまで逢っているのに、黙ってじっとしているだけなんて、逢っている価値なんてないじゃない。私ならいろんなことしゃべりたいわ」

「相田さんはお嬢で、家族に守られ温く温く育ったから本当の恋なんて分からないの。恋する男女には言葉なんていらないのよ。ただ寄り添って二人でいることがすべてなの」

と柳沢さんが言ったので、春菜は同じ年の柳沢さんはもう本当の恋をしたことがあるのかな？　と感心してしまった。

「だって中学から女子校だったんだもの、貴女たちみたいな共学と違って、男子に慣れていなかった分、男の子には興味津々だったから、恋なんかいっつもしていたわ。でもどの人からも振り向いてもらう機会がなかったから片思いばっかりだったのよ」

次々に興味のある人が現れるのにどれも成就することなく終了し、単発の恋は今も続いているそうだ。

なぜ長続きしないかというと、いつも振り向いてもらう前に片思いの相手に急にがっかりすることが起こってしまうからなのだそうだ。

皆はこれまでの恋の顛末を聞くために、お弁当箱を持って柳沢さんの周りに集まった。

最初に好きになったのは、隣町の公立高校に通っている男子生徒だった。

詰め襟のボタンをきっちり留めて、テニスのラケットを持ってさっさと歩く姿にボーッとなってしまったのだそうだ。

テニスのラケットに完全にひかれてしまったのは、春菜にもわかるように気がした。

テニスは女子の憧れのスポーツだったから、見たこともないその男子高生に憧れてしまったほどだ。

次に好きになったのは、同じ電車に乗る背広にネクタイのサラリーマンだ。

サラリーマンは、大手の鉄鋼会社の社章を襟に付けていたから「きっと大卒だ」と確信をもった。

柳沢さんのお父さんは、学歴に強い信念を持っている。

お父さんは、家庭の事情で高等小学校を途中でやめて履物屋の丁稚奉公に入った。そこで厳しい親方から、履物の技をたたき込まれるのは十二歳の身には並大抵の辛抱ではなかった。でもお父さんは歯を食いしばって頑張ったそうだ。

結果は親方の信頼と、暖簾分けというご褒美であった。

今では職人も何人かおいて、広い間口で履物屋をやっている柳沢さんのお父さんは、自分が高等小学校も途中で終わってしまったから、娘たちの婿には大卒のホワイトカラーを強く望んでいるのだ。

娘二人を中学から私立に通わせているというのもお父さんの学歴に対する強い思いからだ。

柳沢さんが胸をときめかせたそのサラリーマンは、いつもぴかぴかに磨いてある靴を履いて、黒い革のカバンを提げていたが、それが実によく似合っていた。

お父さんの希望にぴったりだから、親の知らない男の人を好きになっても、この人なら親不孝にならないはずだ。

柳沢さんは、心置きなくその人を好きになった。

でも親孝行のはずの相手は、すぐ次の人に取って代わられてしまう。

その次に心ときめかせたのは、毎朝駅で切符を切ったり受け取ったりしている駅員さんだ。

「駅員だって堅い仕事だから、お父さんは安心だと思うのよね」

柳沢さんは断言した。

春菜は聞いているうちに、柳沢さんは履物職人のお父さんが大好きなのだと、解ってきた。『私と同じだ』と思うと、彼女に限りない親しみがわいてきた。

彼女は続ける。

「私ね、その若い駅員さんが、鋏をカチャカチャ言わせて切符を切ったり、手に持った鋏をクルッと回したりする動作に見惚れちゃったのよ」

乗降客の多い時間帯に仕事をするためか、その駅員さんはいつも無表情で機械のように決まった動作を繰り返していたが、ある日、柳沢さんは見せるべき定期券が手から離れて駅員さんの立っているボックスのなかに落ちてしまった。慌てる柳沢さんに、

「はい、これですね」

とその駅員さんは素早く屈んで、拾い上げた定期券を渡してくれた。にこっと笑った口元に八重歯が光って見えた。

「その日、たまたまリリアンの紐が切れて定期を首からを提げていなかったことを感謝しながら、一日中セルロイドの定期入れを撫でていたのよ」

柳沢さんは、その時の記憶が蘇ったのか、うっとりとした顔で回想に耽っていた。

そう言えば、山下女子学院の生徒手帳には『定期券は、紛失を防ぐため紐を付けて首からを提げ胸ポケットに収めておくこと』と書いてある。

『鍵っ子の小学生じゃあるまいし』とあまりのアホらしさに、守っている子は少なかったけれど、持ち上がり組の柳沢さんは校則が染み付いているらしい。

何だかんだ言いながらもちゃんと守っていたのだ。

「ねえ、片思いって言うけどそんな素敵な人たちを、振られる前にどうしてダメになっ

ちゃうの？　私だってその人たちにあいたいわ」

　と小山さんが皆を代表して言ってくれた。

『よくぞ聞いてくれた』と言うように柳沢さんは、皆を見回してから、おもむろに口を開いた。

「ラケットの詰め襟は、夏休みが終わってやっと見かけたと思ったら、顔中ニキビだらけになっていて、すれ違ったとき凄く汗臭かったのよ。私は臭いのだけは我慢できないの。そしたら一気に醒めちゃった。テニスする高校生なんていっぱいいるしね」

　案外神経質な質らしい柳沢さんは、詰め襟にさっさと見切りを付けてしまった。


　次はサラリーマンだ。

「サラリーマンは、いつも通り革のカバンをを提げ、背広を着てネクタイを締めて颯爽として電車を待っていたのよ。背筋がすっと伸びて凄くイカしていた。

　でも急にハークションって大きなくしゃみをしたの。そうしたら鼻水がタラーッと垂れてあたふたハンカチをさがしてて凄くイカしてなかった」

　くしゃみなんかどうにもならない生理現象だけど、憧れのサラリーマンに対して期待していた柳沢さんの感性は、余計に許容範囲を超えてしまったのだ。

そして駅員さんについても、容赦のない偶然の発見があった。

「駅員なんか、改札口に人がいなくなったら、物凄い大きなアクビしていたのを目撃しちゃったし。がっかりしてその場で気持ちが醒めちゃった」

偶然とはいえ、憧れの人のもう片方の姿を見た途端、憧れていた分加速を付けて熱は急降下する。

自分のことは棚に上げて、勝手に思いを寄せられ勝手にがっかりされる男の人も気の毒な気がするけれど、堂々と片思いを宣言する柳沢さんはとても面白かった。


彼女はなかなか理想の王子さまは現れないけれど、めげずに探し続けるのだそうだ。

恋をするのも、日頃からたゆまざる探求心と対象になる人を見付ける鋭い嗅覚を鍛えておかなくてはならないそうだ。

それを聞いて通学だけで力を使い果たしていた春菜は、そんな大変なことはとても無理だとただちにギブアップしてしまった。


柳沢さんはデートに漕ぎ着けたときに慌てないように、いつもデート用の洋服を用意しているのだと言った。

でもそれは今まで一度も目的を達成することなく、友だちとの遊びの約束用や家族とのお出かけ用になり、次の新しい洋服や帽子が、期待に満ちて洋ダンスに納まることになるらしい。

「何時になったら、最初の目的どおりの着方ができるのかしら？」

とため息をついて、皆を笑わせていた。

春菜はその日、隔月の発売日に小松書店から届く少女雑誌『ジュニアそれいゆ』を開いて、今、注目を集めている若い女優の浅丘ルリ子が着ている中原淳一デザインのワンピースを見ていた。

流行のふんわり膨らんでいる落下傘スカートのワンピースは、ほっそりした浅丘ルリ子にとてもよく似合っていた。

「夏のよそ行きに新しいワンピースを作ってあげる」

とお母さんから言われた春菜は、浮き浮きしながらデザインの参考にしようと『ジュニアそれいゆ』を開いていたのだ。

「ハルは浅丘ルリ子に似ている」

と友だちに言われて以来、春菜のファッションは浅丘ルリ子を意識したものになっている。

春菜の家の近くの菊地さんのおばさんは、おじさんが戦死してから三人の息子さんを洋裁の仕立てで育ててきた。

足踏みミシンの鳴り響く玄関の横の板塀に『洋服お仕立ていたします。和服からの仕立て直しもご相談ください』とはり紙が出ていた。

春菜の普段着は、お母さんのお手製だけど、よそ行きは菊地さんのおばさんに縫ってもらう。育ち盛りの春菜が着られなくなったら、三歳下の従妹に回し、その時に新しいのを作ってもらうのだ。

春菜も従妹のお姉さんから回ってくるから、親戚の集まりがあると、見たことのある洋服を誰かが着ていて「懐かしい」と喜び合うけれど、やっぱり新しい洋服は嬉しい。

春菜は、雑誌を眺めながら柳沢さんの言葉を思い出していた。

「私は毎年、季節に応じて新しい洋服を作ってもらうんだけど、それを着てボーイフレンドとデートをするのが夢なのに、夢がかなう前にその恋は終わっているの。だから私はずっと夢を追い続けて今にいたっているの。つまり私は夢追い人〜」

春菜も『私も新しいワンピースを着て、一緒に出掛けるボーイフレンドがいればいいなあ～』と思ってみたけれど、どんな人がいいのか全然思い浮かばなかった。

春菜が知っている対象になる男の人といえば、日の川中学校二年生の時に突然天国にいってしまった坊主頭の羽鳥太三くんと頭脳明晰な尾崎くんだけだったからだ。

羽鳥くんは大好きだったけれど、恋人というには次元が違う。

かっこ良くて陸上の選手で女子の熱い視線を集めていた尾崎くんは、実際にはとても屈折しているところがあって気難しいし、もし付き合ったとしたら呑気な春菜は疲れ切ってしまいそうだ。

第一春菜なんかとは付き合ってもくれなさそうだ。そんな人にお願いしたくないし。

春菜はこれから出会うかもしれない素敵な王子さまを思い浮かべようとしたが、それはあまりにも具体性に欠けていた。

そんなことより春菜には現実的な楽しみがあった。

今年の夏休みは、お母さんと京都に行くことになっていたのだ。

祇園祭の見物もかねて、京都の大学にいるお兄ちゃんに会えるのが楽しみだ。

お兄ちゃんからいろいろ忙しいので今年は帰省しないと連絡が入っていた。

春菜は楽しいことばかり考えていたから、両親が時々浮かない顔をしていることにも
「学生寮に入れたのが間違いだったのかもしれない」と大学の先輩でもあるお母さんがため息をついていたのにも気が付かなかった。

「学生運動」という言葉も「ゼンガクレン」という言葉も春菜には関心がなかったし、その大学が過激な運動の渦中にあるということも、ましてお兄ちゃんがそれに関わっているらしいなんて知るはずもなかった。

期末試験も終わって、夏休みが間近な楽しい七月に入っていた。

笹木龍子さんの自由宣言

笹木さんは、あけっぴろげで屈託のない子の多いこのクラスでは、ちょっと違う雰囲気を持った人だ。

春菜と相田さんがその豪華さに目を見張ったことのあるお弁当を一人で黙って食べる。食べおわると一切の感情を表情の奥に閉じこめたまま、スーッと教室から出ていく。

「校舎の裏で煙草を吸っているんだよ。つまり食後の一服というやつなのよ」

小山さんが教えてくれ、春菜たちはひぇ〜と声にならない声を上げて仰天していた。

笹木さんは学校が指定した制服や持ち物には自分流のスタイルを取り入れていた。

笹木さんが黒いカバンを持たずに、教科書やノートをブックバンドで括って肩に引っ掛けて登校しても、校章の入った紺の布の手提げの代わりに籐で編んだバッグにお弁当を入れてきても先生方は黙殺している。

制服の丈が短くてプリーツスカートの襞が多くても、襟元まで留めていなくてはいけないブラウスのボタンを三つも開け、胸元に金のネックレスを光らせていても、風紀委員の人たちは、見て見ぬ振りをしている。

だから、煙草なんてとんでもないことであっても、皆黙っているのだそうだ。

『なぜ?』と不思議だったけれど確かに現実であった。


もうすぐ梅雨に入りそうな、六月の始め頃、春菜と相田さんは登校途中で笹木さんと出会った。こんな早い登校時間なのに、クラスメートと会うのは珍しい。

「笹木さんおはよう」「おはようございます」

と二人が言ったら、

「おはよう、いつもこんなに早いの?」

と笹木さんが答えた。間近で聞いた笹木さんの声は、ちょっとアルトで落ち着いていた。

「二人とも遠くから通ってきているんでしょう?」

と言いその後で、

「いいな」

と呟いた。

「家庭の事情を知られてないって、凄く気が楽だと思うから〜でもそうか、知られても貴女たちは全然困ることなんてないもんね」

と、ちょっと曲げた口で言った。

「えっ？　うん」

と、どう返事をしていいか分からなくて、口籠もってしまった二人に、

「そんなに困らないでよ、慣れているから」

と言い捨てると、背中をしゃんとのばしてさっさと歩いていこうとした。

「一緒に行きましょうよ」

相田さんが早足で追い付いて、三人は並んで校門をくぐった。

「この時間は上級生がいなくて良いよね」「ほんとほんと」

春菜が言い、相田さんがあいづちを打つ。

「私は上級生だろうと先生だろうと関係ないのよ。だから生意気だって言われるのよね」

と二人に向かって笑った顔は、春菜たちが初めてみた同級生の笹木さんだった。

靴箱のところで、上履きに履き替えている時、

「私、理事長室に用があるから～」

笹木さんはごく自然にそう言うと、春菜たちがまだ行ったことのない理事長室の方に歩いて行った。

「理事長先生って、入学式の時おっきな花を胸に付けていたあの人だよね、校長先生より偉そうな感じだったわ」

「うん、背が高くて痩せてて、何だか怖い感じのお爺さんだったよね。そんな方のいる理事長室に何の用があるのかしら？」

お父さんやお母さんの付き添いもなしに、躊躇なく歩いていく様子も想定外の驚きであった。そして、やっぱり笹木さんは私たちとは違う人なんだなあとぼんやり思っていた。

食後の一服？

春菜が笹木龍子さんの『食後の一服』の実情を知ったのは、梅雨が漸く明けて、夏空が広がりはじめた頃だった。

絵が得意な相田さんは、スケッチブックをいつも身近においている。

花壇に季節の花が咲くたびにスケッチにいく。

花が好きで花壇の手入れをしている用務員のおじさんの傍で、さっさっと描いている花は、実際の花より生き生きとしているみたいだ。

相田さんは用務員のおじさんとも仲良しで、描いたスケッチを見せて『うまいねえ』と誉めてもらうのも楽しみのひとつだ。

相田さんはその用務員のおじさんから、

「特別教室の裏に新しい花壇を造ったから見においで。今はスベリヒユ（ポーチュラカ）がきれいだよ」

と教えられ、お弁当の後で春菜も一緒に見にいくことにした。

理科室の窓の下はめったに生徒は入ってこない。

その花壇の脇の切り株に笹木さんは腰掛けて本を読んでいた。

相田さんのスケッチブックに目を留めた笹木さんは、

「貴女は、絵が上手ね」

と言った後、

「皆私のことを食後の一服って言ってるでしょ？　いくら私でもそれは無理よ」

と笑って言った。

「何を読んでいるの？」

と聞いた春菜に、

「エミリー・ブロンテ。『嵐が丘』を読み返しているところ。冬木さんは、いつも太宰を読んでいるわね。ブロンテも太宰もちょっとくせになるのよね」

春菜は、笹木さんが、一人で本を読んでいるのは少しも意外ではなかったし、自分の読む本を知ってくれていたことが、嬉しかった。

人の噂って、あてにならない。それに口に出しているうちにだんだん確定してしまうことがちょっと怖かった。

そしてそれを信じかけた自分が物凄く恥ずかしかった。

笹木龍子さんの家庭の構成（春菜が高校卒業後知ったこと）

春菜が笹木さんの高校時代の行動の真の理由を知ったのは、大学を卒業して一年ほど経った頃だ。

その頃、春菜は高校の新米教師になっていた。

夏休みを利用して母校の古典講座の申し込みに出掛けてきたのだ。

待ちあわせた大学時代の友だちとも、おおいに盛り上がって、朝家を出たのに、帰りはもう六時を過ぎようとしていた。

切符売場で、財布を出そうとしたその時、駅続きのデパートから出てきた女の人に声をかけられた。

「冬木春菜さんよね」

グレーのタイトなワンピースと真っ赤に塗った唇がよく似合うすらりとした背の高いその人は、辺りの人々のなかでも、抜群の存在感を放っていた。

「笹木龍子よ。しばらく」

あの触ると切れそうだった雰囲気を少し残し、落ち着いたアルトの声は、高校生のままだった。


二十分後春菜は笹木さんと喫茶店で向き合っていた。

「帰りは少し遅くなる」と断りの電話を入れていたから家の方は心配ない。

「やっぱり貴女は、先生になったのね」

笹木さんは、自分の予想どおりと頷きながら言ったので、春菜は笹木さんとくらべたら、天と地ほど垢抜けない自分にちょっと自信をなくしてしまった。


笹木さんは、美術専門学校卒業後はファッション雑誌の編集者になり『使いっぱしり』をしていると謙遜していた。そして、

「自分がいる世界をやっと見付けた」と笑顔を見せた。

春菜が初めて見た心からの笑顔だった。

「私、学生時代の知り合いに声をかけたのは、あなたが初めてよ。

冬木さんには私はどんな子に見えていたのかしらね。分かるような気がするけれど、こ

れでも私は、小学校の時にお誕生会にお呼ばれした良子ちゃんと、高校の時いつも太宰を読んでいたあなたがとても好きだったのよ。友だちにはなれないと分かっていたけれど」

「私も笹木さんは特別な存在でした。『嵐が丘』を読んでいたことも、お弁当の後、煙草を吸ってるなんて友だちのまちがった噂にも一切言い返さなかったことも。私だったら泣きながらお母さんに言い付けちゃう」

と春菜が言うと笹木さんは大笑いしながら、

「そんなことを取り上げてくれるような母じゃないわよ」と言った。

そして、高校の時には知ることのなかった笹木さんの生い立ちを話してくれた。

笹木龍子さんの回想

春菜たち一部の遠距離通学の生徒たちを除いて、ここ一帯に住む多くの人たちには有名な、お父さんが笹徳一家の組長で、お母さんが何人もいる若い衆から姐さんと呼ばれる度胸の据わった人で、笹木龍子さんはその家の娘だった。

龍子さんの上には三人のお兄さんがいるが、跡継ぎのはずの長男は自分には家業があわないと、家を出ていった。

それで笹木家では次男と三男が家を継いだ。

特に次男は気性の激しさが、自分と似ていると母親の秘蔵っ子だったし、頭の回転がよく気配りのできる三男とコンビを組むと一家をまとめる両親としては、磐石の跡取りたちであった。

医学部を出て、母校の大学病院に勤務した長男に対し限りない誇りを持っていたが、一方ではそういう職業に就いたら、なお家のことで、悩むことが出てくるかもしれないと、両親は複雑な思いも抱えていた。

一人娘で末っ子の龍子さんは、優しくて優秀な一番上のお兄さんの信奉者だった。

「自分の道を進みたい」

と願い出たお兄さんを強力に後押しし、

「私は何時でもお兄ちゃんの味方だよ」

と言ったのは、龍子さんが小学校六年生、十二歳の時だった。


地元の小学校に通学していた龍子さんは、学年が進むにつれ同級生たちが何となく自分に遠慮しているのを感じていた。

「私は皆と住む世界が違う。普通の人が目をあわせてくれない家族のなかにいる」

とわかってはいたが、それを身に染みて実感したのは、小学校三年生の時だった。

初めて友だちのお誕生会にお呼ばれした時のことだ。

同じクラスの岡野良子ちゃんから「絶対に来て」と誘われたのだ。

良子ちゃんは、龍子さんがトイレにいく時は「私も」とくっついてきたし、遠足でお弁当を食べる時は「一緒に食べよ」とリュックサックをゆらしながら傍にくる。

良子ちゃんは、龍子さんに打ち明けてくれたそうだ。

良子ちゃんは、勉強ができる龍子さんを尊敬していたし、勉強よりもっと好きだったのは龍子さんは人の噂をしたり悪口を言ったりしたことがなかったことだって。

お母さんからいつも『勉強しなさい』と厳しく言われていたけれど、良子ちゃんは勉強は苦手で大嫌いだった。

文字と数字がいっぱい書いてある教科書と向かい合わなくてはならないからだ。

良子ちゃんはそんなつまらないことより、綺麗な空想の世界に居るほうが楽しかった。

着せ替え人形に洋服を着せたり、きいちのぬり絵に好きな色をぬって仕上げたりするほうがよっぽど楽しかった。

それなのにお母さんはいつも言う。『お父さんはW大出だし、お母さんはS百合なのに、どうしてあなたは勉強ができないのかしら？　動作も鈍臭いし〜』

そんなことを言われたって良子ちゃんは困るだけだった。

だから、給食当番もお掃除当番もテキパキすませてしまうし、手を挙げていなくても先生から指されたら全問正解の答えを出す龍子さんは特別の存在にみえたのだ。

自分からはあんまり口もきいてくれないし笑ってもくれないけれど、憧れの存在である龍子さんには、ぜひお誕生会に来てほしかった。

いつも龍子さんの話を聞かされていたお母さんも『いいわよ』と言ってくれたし、『だから、絶対に来て』と良子ちゃんは真剣に懇願した。

そんな思いが龍子さんの心を動かした。

龍子さんはその日、商店街の文房具屋さんで、レターセットを買った。

プレゼント用に包んでもらっている間、龍子さんは初めてというくらい心が浮き浮きしていた。

普通とはどこか違う自分の家についても、それが世間の人の目にはあまり良く思われていないということもそれなりにわかっていたけれど、まだ九歳の龍子さんだったから時々ふっと友だちが恋しくなる時だってあった。『良子ちゃんは、私のことを変な目で見ていない』とわかったし、いつも親しく声をかけてくれるのも、感情を表すことの苦手な龍子さんだって内心は嬉しかったのだ。

皆がやっているお誕生会も、もし龍子さんが『私もやる』と言ったらお母さんはそれは喜んで、皆を招待してくれるのはわかっていた。

でもその時は、尾頭付きの鯛や大きな桶に入ったお寿司などが並ぶとんでもなく派手なパーティーになるのも想像ができた。

家に帰った友だちがお誕生会の様子を聞かれて報告し、それを聞いたお家の人が『やっぱりねえ』と言うのも目に見えていた。

感性の鋭い龍子さんはそんなのはとても嫌だと思っていた。もしお呼ばれしたら、次は招待しなければならないから、龍子さんは誰の誘いも都合が悪いと断っていたのだ。

でも今回は別だ。次の日曜日が待ち遠しかった。

初めてのお呼ばれで、ちょっと緊張しながらも、龍子さんは、自分で選んだプレゼントを持って良子ちゃんのお家を訪れた。

良子ちゃんが龍子さんの持っていったお祝いのレターセットを抱き締めて喜んでくれたのも嬉しかった。

九本のろうそくが立ったバースデーケーキを囲んでお呼ばれした皆で『ハッピーバースデートゥーユー』と歌ったのも楽しかったし、良子ちゃんのお母さんが作ってくれたサンドイッチも、袋から笊のお皿にザーッと開けてくれたポテトチップスもとても美味しかった。

お友だちと仲良くするのってこんなに楽しいことなのかと、龍子さんは、初めてといっていいくらい幸せな気持ちになっていた。

その数分後に、自分が絶望の淵に立たされることになるのもまだ分かっていなかったから。

それは、お手洗いに立った龍子さんが、台所脇の廊下を通った時だ。

「ようこそ〜」と笑顔で迎えてくれた良子ちゃんのお母さんの声が聞こえた。

「笹木さんはお利口そうなとっても良い子よね。でも笹木さんって笹徳組の娘さんよね。良子がいつも言っていたし、お母さんもどんな子か見たかったから呼んだけど、これ以上は深入りしないでね。学校だけのお友だちにしましょうね」

と潜めた声が龍子さんの耳に突きささった。

利発で周りの雰囲気を敏感に感じ取れる龍子さんは、どんな状況のなかでも自分の中にしまい込む術を自然に身につけていた。

「これは良子ちゃんの考えではない」と分かっていたから、龍子さんは、パーティーの続きもにこにこしていたし、『さようなら』をするまで気付いていない振りを通した。

家に帰り、お母さんには「楽しかったよ」とだけ言って自分の部屋に入った。

そして三年生の龍子さんは一人で泣いた。

夕ご飯を呼びにくるまでの三時間を声を殺して泣きに泣いた。

そして『私はもう友だちはいらない。絶対に絶対にいらない』と心に誓った。

「お誕生会でお昼ご飯を食べすぎたから夕ご飯はいらないってお母さんに言っといて」と夕食の時間に呼びにきたお手伝いさんに部屋の中から返事をしたまま、龍子さんは、部屋から出ていかなかった。

龍子さんのお母さんは、それで納得する。

ほとんどのお母さんが、そういうときには子どもの様子を見にくるということを龍子さんは知らなかった。知らない環境で育っていた。


中学生になった龍子さんは、友人関係がきわめて希薄で、部活は勿論、遠足等の課外活動には一切参加することもしなかった。学校側からしたら、所謂問題児になっていたそうだ。

始業時間に学校に来て、放課後の掃除が終わるとさっさと帰宅する。

授業中も指名されたら答えるけれど、自分から発言をすることは極力避けて通した。

「先生たちは、やりにくい子だと思っていたでしょうね」と笹木さんは春菜に笑いかけた。

「問題児というけれど、笹木さんはクラスの人や周りの皆に迷惑をかけたりしていないでしょう？」

春菜は三年生の時のお誕生会の笹木さんに思いを馳せて胸がいっぱいになっていた。

「迷惑をかけるということは、人となんらかの関わりを持つことだからね。私はそれもなかったのよ」

初めて聞いた笹木さんの生い立ちは春菜には納得できることばかりだった。


別れるとき笹木さんは、春菜に名刺を渡してくれた。

『ビュフォル編集次長』と肩書きが入っていた。

春菜は、高校の時からは想像もできない笹木さんの溌剌とした姿がとても眩しかった。

高校生の時、もし今の笹木さんを知っていたら「自分はどのように接していただろう」と考えてみたが、どうしても想像できなかった。

ただ、表面だけ見てその人の背景も知らずにあれこれ言うことの傲慢さを恥じなければならないと強く思ったことだけは確かだった。

演歌歌手の田直みなみさん

白い筋の入ったセーラー服姿の子が、転入してきた。

制服が間に合わないくらい急な転校だったらしい。

期末試験も終わり、後二週間ほどで夏休みになろうとしていた時だ。

「田直みなみです。青森から来ました。よろしくお願いします」

きちんと前を向いて挨拶をし、立ち上がった皆も「よろしくお願いします」と声をそろえて返事をして、田直みなみさんはクラスの一員となった。


いちばん後ろの席に着いた田直さんを確認してから、相田さんは春菜に、

「田直さんって、なんか凄く大人っぽくない？」

と囁いた。春菜も同じことを感じていたので頷き返した。

次の日、田直さんは一時間目の英語だけ受けて早退した。

二日目は、二時間だけ受けて皆に黙って頭を下げて帰っていった。

情報通の柳沢さんが『重要なお知らせ』を伝えたのは田直さんが完全欠席した三日目のことだ。

「昨日の放課後、職員室で坂下先生と田直さんと笹木さんが話をしていた」

坂下先生は、春菜たちの担任だ。

大学を卒業したばかりの若くて優雅な国語の先生だ。

中等部卒業生の代表をしている柳沢さんは、昨日は、今年卒業した中等部生の同窓会用の名簿作りをしていて、帰りが六時過ぎになってしまったとか。

残りは明日にしようと、今日の分を片付けて職員室前の廊下を通った時、偶然見たそうだ。

「何か真剣だったよ」

一刻も早く皆に伝えたくて、今朝はお姉さんを待たずに登校したと言った。

坂下先生が転入してきたばかりの田直さんと話をしていても不思議ではないけれど、笹木さんとの関係がどうしても想像できなかった。

皆の疑問はやがて解けることになる。

音楽の時間に音楽の北村先生が、突然、

「田直さん、皆に民謡を聞かせてください。坂下先生には話は通してありますから」

と言った。

「はいっ」

と立ち上がった田直さんは「よろしくお願いします」と挨拶をした転校初日の時とは別人のように堂々として見えた。

「『津軽じょんがら節』を歌います。聞いてください」

と一言いうと、す〜っと呼吸を整えて、

「ハァ〜ここにおいでのみなさまがたよ〜」

力強く、澄んだ声が響き渡った。

春菜は今まで民謡を聞く機会も、ましてやプロをめざしている人の歌声をこんな近くで生で聞くことなんかまったくなかったが全身に衝撃が走った。

クラス全員ただただ圧倒されて、じっと聞き入っていた。

歌いおわって一瞬の間ができた。拍手をするのを忘れてしまったほどの感動が走り、それからわ〜〜っと拍手が起こった。

春菜も夢中で手をたたいていた。小山さんは涙を流してしまったし、それにつられて、相田さんも春菜も涙が出てきてしまった。

「ありがとうございます。皆さんに拍手をしていただきましたが、私よりもっともっと上手な人が青森にはいっぱいいます。民謡を大事にしながら私は歌謡曲の歌手をめざして青森から上京しました。いろいろな事情で学校をお休みすることが多いですが、できるかぎり両立するように頑張ります。よろしくお願いします」

と頭を下げた途端、また大きな拍手が沸き上がった。

「これよりもっと上手な人がいっぱいいる青森ってどんなとこだろう」

小山さんが、感に堪えないように声にだし、皆は即座に共感した。


田直さんは、民謡が上手な女の子として地元では有名だったそうだ。

中学生になった頃から民謡だけでなく歌謡曲も習いはじめ、そちらの方が主流になって公民館や老人ホームで歌を披露し、皆に喜ばれていた。

高校生になってから東京の芸能事務所からスカウトされ、作曲家の先生の家に内弟子として住みこみで修業している。

まだ持ち歌のない今は、盆踊りに呼ばれたり、街頭で歌わせてもらったり、名前の売れている歌手の前歌を歌ったりして実力を付けているそうだ。


クラスの皆は、一日でも早く自分の持ち歌で有名な歌手になってほしいと切願した。

また、先日柳沢さんが目撃した三人での会話は、地域のお祭りの盆踊りの舞台で歌わせてもらうための話をしていたと後から聞いた。

夏のお祭りを仕切っている笹徳組の娘である笹木さんに挨拶をしておくように事務所の社長から言われたそうだ。

柳沢さんが見た三人の会話のナゾがこれで解けた。

でもいくらプロをめざして修業中とはいえ、まだ高校生なのに大人のすることまでしなければならないなんて、大変な仕事だなあと皆は改めて感じ入ってしまった。


夏休み明けの登校の日、田直さんは欠席していたが夏祭りの盆踊り大会で、櫓《やぐら》の上で歌った田直さんは本当に素敵だったと、参加した友だちが口々に絶賛していた。

柳沢さんは当然新しい浴衣と帯で踊りにいった。

「残念ながら、お姉ちゃんも一緒だったから、いくらおめかししても新しい男の人なんか全然見つからなかったわ」

と相変わらず皆を笑わせていた。

春菜も行きたかったけれど、前から決まっていた京都行きの日と重なっていたし、相田さんも、春菜が行けない上に、女の子が夜出掛けるなんてとんでもないと許してもらえなかった。

二人は友だちの話を聞きながら、今度機会があったら是非行ってみようと話し合った。

田直さんから、クラスの皆にあてて葉書が届いていた。

盆踊りの櫓の上から大勢のクラスの方々の姿が見えて嬉しかったことが感謝の気持ちとともに書いてあった。

そして今は巡業で九州の大分県に来ていて、公民館で鈴木三重子さんの前歌を務めさせてもらっていることも記されていた。

鈴木三重子は『愛ちゃんはお嫁に』という歌が大ヒットしている流行歌手で皆は名前も歌も知っていたから、一斉に「すご～い」という声が沸き起こった。

「田直さんはお仕事も学校も頑張っています。学校にいる時は皆と同じ高校生です」と担任の坂下先生の言葉から、本人から何か言うまでは、仕事のことにはあまり立ち入らないようにしましょうということが伝わってきた。

田直さんが、相変わらずのセーラー服で学校にきたのは十月の初めだった。

久しぶりの登校だったけれど、何事もなかったように教科書を開き、皆と笑い楽しい時間を過ごしていた。

夏祭りの櫓の上の田直さんは凄く素敵だったことは、口にしたけれどそれだけにした。

努力家の田直さんは、休んだ分を取り戻そうとしているみたいに一生懸命にノートを取っていたし、遅れた分はここが分かりませんと、先生に質問していた。

それに対して聞かれた先生は、休み時間に時間を取って丁寧に答えていた。

でもいくら頑張っても学校と仕事の両立には限界があったのかもしれない。

田直さんは、冬休み前に退学した。

「どこにいっても、皆さんのことは忘れません」

と涙を流しクラスの皆も「がんばってね」と言いながらハンカチを顔に押し当てた。

その後の田直さんのことを春菜が知ったのは、山下女子学院高等学校を卒業してから五年後のことだ。

偶然渋谷で再会した笹木さんから、田直さんの今を知ることになった。

笹木さんが自分の生い立ちを話してくれた時に田直さんのことも話してくれたからだ。

笹木龍子さんから聞いた田直みなみさんの話

結局自分の持ち歌が出ないまま、内弟子生活は終了した。

でも歌うことが好きだった田直みなみさんは、どうしても仕事を続けたかった。

作曲家の先生の内弟子だった頃知りあった男性が、マネージャーになって全国どこでも出掛けている。旅館の大広間で観光客を前に民謡を披露したり、温泉街のスナックやバーで歌謡曲を歌ったりしている。でも一番多いのは、やはりお祭りの櫓の上で盆踊りの曲にあわせて歌うことらしい。

「東京とか神奈川とか、家の息のかかっているところには、来てもらっているのよ。私には関係ないけれど、父や兄たちが応援しているみたいよ」

春菜には想像のできない世界だけど田直さんが、自分の夢を追い続けているということは笹木さんの言葉から伝わってきた。

「ドサまわりなんかしていないで、それだけの歌唱力があるのだから、民謡でも歌謡曲でも教える教室を持って生徒を集めたらいい。そのための資金の応援はする」

と笹木さんのお兄さんは勧めたそうだが、田直さんは今の生活が自分にはあっていると、感謝しつつも断ったそうだ。

「人はそれぞれの生き方があるからね。わざわざ困難な道を選ぶなんて〜と言う人もいるらしいけれど、他人がとやかく言うことではないわ」

と言った笹木さんの顔には高校生の時の厳しさがチラッとよぎった。


『将来のことを考えて〜』と大人は言う。

『今を精一杯生きたい』と若者は考える。

どれが正しいなんて、誰も決められない。

どれも正しいと春菜は思う。


でも将来に不安もなく穏やかでのんびりした生活を選ぶのも自分にあった選択肢だと春菜は思ったりする。

それは一時期学生運動に参加し、結局は挫折したお兄ちゃんの影響もあったのかもしれない。

春菜の家庭に起こった深刻な問題

京都の夏は暑い。

水色のワンピースに白い帽子の春菜も、日傘をさしたお母さんも何度もハンカチで汗を拭いながら、お兄ちゃんの借りている学生アパートに向かっていた。

木造二階建てのアパートは玄関に靴が散乱していたし、何か不穏な感じのはり紙だらけの廊下は、とても中に入っていけるような雰囲気ではなかった。

でもお母さんは、

「ごめんください」

今まで聞いたこともないような毅然とした声を出した。

二回目の「ごめんください」で、女の人が出てきた。

「何のご用ですか？」

ジーパンをはいたほっそりしたその人は、ティーシャツの背中にひとつに束ねた長い髪の毛を垂らしていた。

「冬木夏海の母です」

と聞いた女の人は「あっ」とうなずき、

「夏海、面会の方」

と廊下の奥に向かって声を出した。

『えっ？　なつみ？

それに面会の方って〜母って言っているのに』

春菜は危うくひっくり返りそうになった。

「はいっ」

と返事が来て、男の人が出てきた。

春菜は、それがお兄ちゃんと認識するまで一瞬の間があった。

駅の近くの喫茶店でお兄ちゃんを待つ間、

「心配しなくても大丈夫よ」

とお母さんは何度も春菜にほほえみかけてくれたが、春菜は膝がカクカクカク震えて困った。

こんな旅行になるなんて。

あんなにお兄ちゃんに会えると楽しみにしていたのに。

お兄ちゃんはカランカランと鳴る喫茶店のドアを開けると「おっ春菜」といつもの笑顔で傍にきた。

「ちゃんと食べている？」

随分痩せて見えるお兄ちゃんに、お母さんが先ず口にした言葉だった。

「なんとか食べてるよ。それに授業も受けているから心配しなくてもいいよ。お父さんにも、ちゃんと卒業はするからと伝えておいて」

お兄ちゃんは、学生運動の総称『全学連』の一員となっている。

「でも全学連という名前で一括りにしないでほしい。僕たちは、皆が考えているような過激な活動家ではない」

とお兄ちゃんは言った。

学生寮を出て今のアパートに移ったのも事情があったようだ。

「貴方が寮を出ることになった経緯は、話したくなったら教えてね。お父さんも聞きたいと思うわ。ただグループの方たちにすんなり納得してもらえたかどうか、お母さんはそれが心配だった」

とお母さんは、初めて心配を顔に出した。

「いろいろな議論をしていくうちに考え方や生き方の違いを感じていたんだ。率直に話し合って双方が納得した上で決めたのだから、心配はいらないよ」

とお兄ちゃんは言ったが、そんなにすんなり事が運んだとは思えなかった。

だっておお兄ちゃんはちょっと見ないうちに、頬がこけて目つきがちょっと違ってみえたから。

いやな思いをしたり、辛いことがあったりしたのかもしれない。

でも兎に角今は寮を出て自分に納得のできる学生生活を送っているらしい。

それが本当であってほしい！

春菜が意外だったのは、

「貴女は、向こうに行っていなさい」

と言われなかったことだ。

お母さんとお兄ちゃんの話を傍で聞けたことは、高校生の春菜を大人として認めてもらったみたいで嬉しかった。


ただ春菜はアパートの玄関で『なつみ』とお兄ちゃんを下の名前で呼んだ女の人のこと

が気に掛かっていた。

それに関してはお母さんは何も言わない。

『お母さん早く聞いてくれればいいのに』

春菜は内心イライラしていたが、お母さんは触れないでいる。

勿論お兄ちゃんも知らん顔をしている。

思い切って聞いてみようとしたが、お母さんが『聞くな』という雰囲気を出しているみたいで、結局断念した。


お母さんが予約をしていてくれた料理屋さんで、春菜たちは鴨川にせり出した川床で夕食をとった。

川風が気持ち良く、笹の上の鮎も可愛らしい手毬鮨も生まれて初めての贅沢な食事のような気がした。

「お兄ちゃんは、こんなのよりお肉の方が良かったわね」

お母さんが言い、

「普段とあんまり違いすぎて、今夜腹を壊しそう」

お兄ちゃんが笑って答えた。

久しぶりに三人で穏やかな時間が過ぎていった。

「お父さんとおばあちゃんも一緒だともっと良かったわね」

と言う春菜に、

「今度は皆で来ましょうね」

お母さんが言った。

「きっとね」と春菜は念を押した。


その時はその翌年の十二月、おばあちゃんがおじいちゃんの待つ天国にいってしまうなんて、春菜にどうして想像できただろう。

楽しい時間を過ごした後、想定外のことは堪え難い悲しみを伴って突然やってくる。

その辛さを春菜はまだ知らずにいた。


お母さんが学生時代を過ごした下宿先に挨拶にいったり、大原まで足をのばしたりして、次の日の夕方京都駅から東海道線に乗った。

プラットホームまで見送りにきたお兄ちゃんにお母さんが言った。

「夏海、後で後悔をすることの無いようにね。軽率な行動はしないように」

「分かってる」

アパートの玄関まで出てきた女の人のことは聞いてはいけないような気がして黙っていた春菜だったが、二人はそれで通じているみたいだった。

「春菜、おばあちゃん頼んだよ。勉強もしっかりやれよ」

うなずきながら、春菜は涙が出てきて困った。

列車がガタンと揺れ、お兄ちゃんがだんだん小さくなって視界から遠ざかるまで春菜は手を振り続けた。


高校生になった春菜が、あんなに楽しみにしていた京都旅行は、思い描いていたことと違うものになった。のんびりしていた春菜の家は、ちょっと違うものになった。

春菜は経験したことのない複雑な思いを抱えたまま、車窓を過ぎていく美しい富士山や大きな河を眺めていた。

夏休みの終わり頃は、中学生の頃からの親友さっちゃんと尾崎くんと三人で、市営の大きな共同墓地に行く。

二学期を待たずに、突然亡くなってしまった羽鳥太三くんのお墓参りだ。

太三、十四歳と彫られた墓石にお水をかけながらさっちゃんは語りかける。

「三ちゃん、今年も来たよ。これからもず〜っと三人で来るからね」

『親しい人が亡くなるって、こんなに淋しいことなんだ』と春菜は胸をつまらせる。

春菜の夏休みが終わった。

黄金町ガード下の町

九月の半ば頃、春菜と相田さんは担任の坂下先生から二学期から学校にきていない小嶋チズ子さんの様子を見てきてほしいと頼まれた。

「電話もつながらないし、手紙の返事もないの」

横浜駅から二駅先の日ノ出町駅と次の黄金町駅の間くらいに小嶋さんの家はあるらしい。横浜に住んでいても春菜は行ったことが無いところだ。

「駅に着いたら迷わないように交番で聞いてみて」

と先生に言われたとおり二人は駅前の交番に行った。

交番にはお父さんくらいの歳のおまわりさんとまだ若そうなおまわりさんがいた。

住所を書いたメモを見せると、

「どうしてここに行くの？」

と年上のおまわりさんが聞いた。

訳を説明すると、おまわりさんは自転車を出して一緒に付いてきてくれることになった。

電車のガードの下には、木の箱やお酒の空き瓶が雑に置いてあるお店が並んでいた。

通路を挿んだ向かい側には、小さな入り口のある家がつづいていた。

どちらも春菜たちの知らない雰囲気の場所で二人はおまわりさんの自転車にぴったりくっついて歩いた。


木の扉の閉まっているお店の前で、おまわりさんが声をかけた。

「エミリーさんいますか〜〜」

二度ほど声をかけると、二階のガラス戸が開いてカーラーをいっぱい巻いて花柄の簡単服を着た女の人が顔を出した。

「あら、おまわりさん、なに?」

と言いながら春菜たちに気付くと、顔をひっこめて階段をパタパタと降りてくる音がした。

「チズ子の所に来てくれたの? 様子を見て来いって学校から頼まれたの?」

と春菜たちが言う前に先に言った。無断欠席のことは分かっているらしい。

二人が頷くと、

「あの子は、夏からセイカンに行っているのよ」

「セイカンっていうのは向こう側にある紙や経木の箱を組み立てる作業場だ」

おまわりさんが教えてくれた。

駅を降りたら反対側に大岡川が流れていて、川に沿って材木屋さんや、町工場が並んでいる。小嶋さんはそこのいろいろな箱類を組み立てている会社で仕事をしているらしい。

「報せなくちゃあと思っていたのに、しそびれちゃってごめんなさいね」

女の人は、小嶋さんのお母さんが生きていた時、一緒に働いていたのだと言った。

「母子家庭だったんだけど、母親が死んじゃったから私が引き取ったのよ」

そしておまわりさんに言った。

「ここも今不景気でしょ。あの子自分から働くって言ってくれて夏休みにアルバイトに行ってそのまま働いてくれているのよ」

春菜たちには、

「先生に言っといてね。なるべく早くチズ子に事情を言いに行かせるから」

帰り掛けに女の人は一度奥に引っ込んで手に何か持ってきた。

「わざわざありがとね。こんなものしかないけど持っていって」

とペコちゃんの付いた箱の中からミルキーを五つずつくれた。

春菜も相田さんも黙って五つの丸さを握り締めたまま歩いた。

「ここにはいろいろな事情の人がいるからね」

おまわりさんは自転車を押しながら駅まで二人を送ってくれた。


次の日小嶋さんが登校してきた。

相田さんと春菜は小嶋さんから、友だちの来ない廊下の角に誘われた。他の人に聞かれたくない話だろうと二人は察しが付いた。小嶋さんは、

「昨日はありがとう。びっくりしたでしょう？」

と言いながら、

「おばさんは、私のお母さんが死んだ時、四歳の私が施設に行かなくていいように引き取ってくれたのよ。

自分が中学もろくに行けなかったから、私だけは高校に行くように頑張ってくれたけど、やっぱり甘えてばかりいられないと考えたの」

みんなと打ち解けておしゃべりしているのをあまり見たことがないけれど、頭が良くてしっかりしているのはクラスのみんなは分かっていたし、何か事情があるのも何となく感

じていた。


「私はY校の夜間部に行くことにしているの。その手続きとかいろいろ今日済ませるわ」

Y校は横浜市立の歴史のある名門校で二部も併設している。

「みんなにさようならは言わないで、黙って転校していくつもりだったけど、来てくれた貴女たち二人に、事情を分かってもらってよかった」

と言ってくれた。

「私たちも、お話ができてよかった」

「おばさんにミルキーありがとうございましたって伝えてね」

と言う二人に初めて「ウフフ」と笑って、小嶋さんは次の日から学校にこなくなった。


そう言えば、日の川中学校の二年生の時転校してきた柳嘉期くんも夜間中学にいくためにすぐに転校していった。昼間は家族を支えるために働くからだ。

それでも「絶対夜間中学は卒業する」と決意を語っていた。

柳くんの時もそうだったけれど、ガード下の町に住む寡黙な小嶋さんも、そして演歌歌手の田直さんも春菜なんか比べられない強さと直向きさであふれていた。

ごく身近にいた友だちに、春菜はとてつもない畏敬の念を感じていた。

春菜と相田さんは、帰りの電車の中で、しみじみと言い合った。

「ねえ、普通って何だろうね」

「お父さんもお母さんもいて、普通にご飯食べて、安心して眠って～」

子どもは成人するまで、少なくとも両親や家族に守られて、お金の心配なく普段の生活ができること？

それが難しい子どもたちもいるって、どういうこと？

『お兄ちゃん教えて！　お兄ちゃんの求めているものって、柳君や小嶋さんたちに何か関係があること？』

十六歳の春菜は混沌とした胸のモヤモヤの中で、お兄ちゃんに語りかけていた。

名前の問題

「私は、早く結婚するの」

と言っているのは、芋川さんだ。

名字が嫌だからだそうだ。

「そんな事言ったら、私だって嫌だわ。お兄ちゃんは養子に行くって言っているもの」

と言ったのは「ヘバル」さんだ。

「でも貴女は、響きはへばるだけど、字を見たら辺春でしょ？　『春の野辺』・『海辺の春』って想像できるわ。素敵じゃない！」

と芋川さんが言い返す。

「それにね、家のお父さんの名前は鍋助《なべすけ》っていうのよ。貧しかった農家の七人兄弟の末っ子で、食べるのもやっとの生活だったから、お爺ちゃんが『お鍋いっぱいのお芋があって、苦労しないで済むように』とつけたんだって」

と言った。

春菜たちは、あまりに出来すぎている話で、本当かな？　と思っていたら、

「ほら、みんな作り話だと思っているでしょ？　絶対本当なんだって」

と言ってから、

「お父さんは、奉公に出た大工の親方の元で一生懸命に働いて、今の生活があるのよ」

と言った。

芋川さんの家は、学校の近くの工務店だ。お父さんのお弟子さんも何人かいる。

「その話、家とおんなじ、まったく同じ」

と柳沢さんが言った。

「家は本当は柳なの。でも日本人の名前にしたくて柳沢にしたの。認めてもらうためにもお父さん、人の何倍も頑張ったってお母さんが言ってたわ」

「私たちのお父さんて偉いよね。凄いって自慢できるよね。でもいくら偉くても凄くても芋川って名前は嫌なのよ」

と二人で言い合い、皆がうなずいていたら、

「家のお父さんは全然偉くない。もともと辺春の家は大きな料亭だったのに、三代目のお父さんが、家業のことは人任せで遊んでばかりいたから、三分の一の規模の小料理屋になっちゃったんだって。

こんなはずじゃなかったってお母さんがこぼしてた」

と辺春さんが不服そうな声をだした。そして、

「貴女たちの家は今が立派だから、芋だって屁だってなんだってちっともおかしくないわよ。でも私の所は、へばっちゃったヘバルよ」

と言ったので皆一斉に笑いだしてしまった。


「ハルみたいに、冬木春菜なんて憧れるわ」

そう言えば春菜は中学の時「冬木春菜」って〈芸名みたいだ〉と言われたことがある。でもそれはそれで春菜はちょっと気が引けているところもあるのだが、今は黙っていることにした。


その時ヘントナさんが口をだした。

ヘントナさんは、笹木さんとはまた違った意味で、あんまり皆と馴染まない人だ。

「辺春さんは、へばっちゃったヘバルって言うけれど私なんかヘントナ・ヘレナってへ・ナが二つもついてヘナヘナよ……。

でも内地にくるまでヘントナという苗字もヘレナという名前も珍しいって私は知らな

かったのよ。私の周りにはたくさんいたから〜。

こっちにきてから、銀行でも、郵便局でもいつも聞き返されるの。そして、あ〜沖縄人って言われるのよ」

ヘントナさんは、お母さんが沖縄の人で、お父さんはアメリカの人だ。

目鼻立ちのはっきりしたヘントナさんの顔は、とても綺麗だ。

『でもお父さんは、写真でしか知らない』のだそうだ。

今ヘントナさんは、鶴見で沖縄の料理をだしているおばあさんと暮らしている。

おばあさんが言ったそうだ。

「お前は、《アイノコ》にしては殆ど日本人の顔で良かった」と。

おばあさんとお母さんは、どういうわけかあまり仲が良くない。

「お互いに気が強いから。でもおばあちゃんは私のことはとても可愛がってくれる」

おばあさんは、お母さんと一緒にいる環境が良くないとヘントナさんを引き取った。

ヘントナさんも、沖縄のスナックで働いているお母さんとあまり仲が良くないから、中学卒業と同時に上京し、この高校にくることになったと話した。

お母さんとのことや、ちょっと言いにくいことだってあったかもしれないお父さんのことを話してくれたヘントナさんの話にみんな聞き入った。

何となくよそよそしかったヘントナさんとの距離が、この話から一気に縮まった。

ヘントナ・ヘレナさんは、この時からトナちゃんと呼ばれるようになった。


「個性的な名前っていいじゃない？　すぐ覚えてもらえるし～。私なんて田中和子だよ。あんまり平凡すぎて、慣れるまで誰だっけ？　って言われたことがある」

と田中さんが不満そうな声をだした。

「そうだよ。私なんか金子正子だよ。平凡な苗字に名前よ。ヘントナさんがへとナが二つなら私なんか子が二つよ」

それに対して、みんなで、

「ええ～良いよう。分かりやすいし、日本人はこうじゃやなくちゃ」

と言っていたら、

「ねえ、私の名前にどうして触れてくれないの？」

とトイレのため席を外していたヒゲワケさんが戻ってきた。

「髭分礼子」さんだ。

「この苗字のせいで、どれだけ引け目を感じたことか。

髭分よ。凄い名前でしょ？　でも私、礼子はとても気に入っているのよ」

と言ってから、

「実はお兄ちゃんが譲で弟が徹なの。それで中学の時に《譲って、礼してとおるとは、なんて礼儀正しい兄弟だ》って社会の先生に言われたのよ。

それに髭分なんて国宝級に偉そうな名前だぞって。礼儀正しい国宝だってからかわれた」と。

「芋川さんのお父さんの名前が、できすぎって言うけど、私の兄弟三人だって負けてないわ」

皆はお腹が痛くなりそうに笑った。

《国宝級の名前》の髭分さんは、成績も抜群に良い。特待生で入ってきた。

「いくら勉強できても、この姿形では嫁の貰い手がない。せいぜい頑張って一人で暮らせるように学校の先生か公務員になれ」

とお兄さんは、ひどい事を言っているらしい。

「私のことを両親は《身体が丈夫なのが一番。頭も性格も良い礼子は幸せになる》って言ってくれているけれど、他に言いようがないからだよ」

と言う髭分さんは、大柄で骨組みががっしりしているし髪の毛も刈り上げで、スカートをはいてなかったら男の子に見間違えそうだけれど、勉強ができて大らかな性格の彼女は、皆から一目置かれている。

高校生の女の子が気にする容姿なんて髭分さんの存在感の前では雲散霧消していた。

それにしても、と春菜は考える。

『学校の先生は、綺麗じゃない女の人の生きていく砦なの？』

先生をしているお母さんは、綺麗で自分なんかよりずっと素敵だと、春菜はちょっと不満だったけれど、この際も黙っていた。


その家の苗字は、それぞれに深い意味があるのだと春菜のお父さんが言っていた。

何だかんだ言っていてもみんな自分の名前が、好きだし誇りなんだろうと春菜は思っている。

芋川さんだって辺春さんだって、ヘントナさんだって、髭分さんだって自虐の裏にちょっと得意そうな表情が出ていたもの。

平凡も尊いし、珍しい名前も自慢の分野に入るのだと、春菜は改めて悟った。

名前ひとつでも、盛り上がって楽しい休み時間にするこのクラスの雰囲気は学校生活の要でもあった。

春菜がお母さんと京都にいった年に重なって小嶋さんの転校があった。

お兄ちゃんが京都から戻ってきたのは高い空と澄んだ空気が深まりゆく秋を伝えていた十一月も終わりに近い頃だった。

結核の診断を受けたお兄ちゃんは、一年間の療養生活を送ることになった。

どちらも春菜には重い出来事だった！

春菜は、時々お兄ちゃんの着替えや、身の回りの物を持ってお母さんと病院にいった。面会は限られた場所でガラス越しだったけれど、お兄ちゃんに会えるのが嬉しかった。削げたお兄ちゃんの頬が、だんだんふっくらしてくるのも嬉しかった。

お父さんとお母さんが、こっそり話し合っていても春菜にはとっくに気が付いていた。不穏な雰囲気は、何となく解消していた。

退院した日。

「父さん、あの二年間は僕にとって無駄ではなかったよ。でももう戻ることはない」

「分かった」

お父さんと短い言葉を交わしてお兄ちゃんは、一年留年して大学に戻っていった。

おばあちゃんとの別れ

お兄ちゃんが、大学に戻って一カ月後、おばあちゃんが七十八年の生涯を閉じた。

春菜たちを置いておじいちゃんの待つ天国にいった。

いつも早起きをしてお母さんと並んで台所に立っていたおばあちゃんが、珍しく起きてこない。

「おばあちゃん、ご飯よ」

春菜が声をかけても返事がない。

襖をあけると、いつものお布団の中でいつもの顔で、おばあちゃんは眠っていた。

その後のことは、春菜の記憶から飛んでいる。

「お義母さん、いつも優しくしてくださって本当にありがとうございました」

お母さんがおばあちゃんの顔にかぶさるようにして涙を流した。

京都からお別れにきたお兄ちゃんが、お母さんを支えていた。

春菜は正座したお父さんにぴったりくっついて座りながら、お父さんの固く結んだ拳をぼんやり眺めていた。

春菜がうっすらと覚えているのはそのくらいだ。

春菜は白い布で包まれた遺骨の前で、どんな大切な人でも、年を経ればいつかはいなくなってしまうという現実を受け入れられないでいた。


高校教師で普段家にいないお母さんの代わりに、お兄ちゃんと春菜のお世話をしてくれたおばあちゃん。

外から帰ってきたら「おかえり〜」と必ずおばあちゃんの声がする。

春菜もお兄ちゃんもその「おかえり〜」の声で安心する。

その声は、もう聞くことができないの？

一緒のお布団に寝ていた小さい頃、夜中にお手洗いに起きるとお手洗いまで付いて来てくれたこと。

中学二年になって、お祭りの浴衣を自分で縫いたいという春菜に付ききりで教えてくれたこと。

「女の子は腰を冷やしたら良くない」と大きくなる春菜のためにいつも毛糸のパンツを編み直してくれたこと。

春菜の思いはつきない。


担任の坂下先生も相田さんも、クラスの友だちからもお悔やみや励ましの言葉をたくさん頂いたけれど、そしてそれはとても心強かったけれど、春菜の心の奥に塊になった痼りはなかなか解けてくれなかった。


中学の時は羽鳥くん、そして今おばあちゃんと、春菜はこの先いくつ悲しいことに出会うのか、春菜は解決のつかない沈んだ気持ちを抱え続けていた。

でも、個々にどんなことが起こっても、月日は公平に流れていく。

ばたばたしているうちに新しい年が来て、椿が赤い花を付け、梅の白い花が香り、そして桜が満開になって、春菜は高校二年生になった。

青天の霹靂の春菜の悩み

早朝通学から、普通に戻して、やっと超満員電車にも慣れ始めてきたある日、春菜が定期券をなくしたことに気が付いたのは、京浜急行横浜駅改札口でのことだ。

東急東横線の改札口までは確かにあった。

胸ポケットにも、スカートの脇ポケットにも、かたく四角い手触りはない。

時間はどんどん過ぎていく。

そんな時に限って、相田さんは傍にいない。

昨夜喘息が出て、今日は学校を休むと電話が来たからだ。

春菜はドキドキしながらも思い切って改札口に隣接している窓口にいった。

「えっ？　定期無くしちゃったの？　どこで？」

矢継ぎ早に聞かれても、

「東横線の改札口まではありました」

と答えるのがやっとだった。

「カバンの中にもないとすると、遺失物の届け出があったか、聞いてみよう」

駅員さんは、テキパキと事を運んでくれる。

その時、もう一人の駅員さんが、春菜のカバンの裏側に気が付いた。

カバンの裏側にも横長のポケットがついているのは、山下女子学院高等学校のカバンの特徴だ。

「そこのポケットを捜した？」

と言われ、覗いたら確かにあった。紐の切れたリリアンを付けた定期券がぴたっと張りついていた。

安心より恥ずかしくてお礼も言えなくなっている春菜に、

「あって良かったね。こういう事ってよくあるんだよ」

駅員さんが言ってくれて、

「ありがとうございました。すみませんでした」

とやっと声が出た。

春菜はいそいでホームに上がったが、二本電車を逃してしまった。

無人の校門を走りぬけ、靴箱で上履きにはき替えると長い廊下の先に、円形校舎へ続く渡り廊下が見える。

渡り廊下の中ほどに黒いノートを抱えた先生の姿が見えた。

「先生、待ってください。無くした定期券を捜してて電車に乗り遅れました」

とっさに声が出た。


数多くの校則の中に当然『八時半までに教室に入っていること』という項目もある。でも生徒たちの中では、教科の先生が教室に入ってくるまでに着席していれば遅刻とみなされないと暗黙の了解があった。


先生は振り返って春菜を見るとちょっと笑い、体をずらして通してくれた。

春菜は教室の引き戸を開ける時、待ってくれている先生の方にちょっと頭を下げて教室に飛び込んだ。

「春菜セーフ」「珍しいわね、どうしたの?」

みんなから声が掛かったけれど、すぐ先生が入ってきたので、いつもどおりの授業態勢に戻った。

だからこれがとんでもない噂の火種になったなんて、春菜は勿論クラス中のだれもが気が付かなかった。

春菜たちの入学した年、新卒で赴任した化学担当の桐山先生は、長身で足が長い。今売れている青春映画のスターに似ていると評判になっている。女子校の山下女子学院高等学校では当然生徒たちの注目の的になっていた。

桐山先生は、授業中めったに笑わない。冗談も言わない。

ただ淡々と授業を進めていく。

理数系の苦手な春菜は授業に付いていくのがやっとだったから、無駄なことが一切ないのが有り難かったが、生徒の間ではちょっと不満の声も上がっていた。

「もうちょっと、冗談を言ったり生徒の話を聞いてくれてもいいのに」

そういうとき、もっともらしい顔つきで柳沢さんが言う。

「女子校では、若い男の先生は、こういうポーズを取るしかないのよ。何気なく笑ったら誰かの方を見て笑ったと、たちまち噂を立てられるからね」

「そんな理不尽な！」

と声が上がったけれど、

「理不尽でも、メチャクチャでも、そういうことになっているの！」

と柳沢さんは、断固として自説を主張した。


相田さんがいないので、春菜はいつものサンルームではなく教室でお弁当を広げていた。食べおわろうとした時、クラスの友だちがすっとんで来た。

「ハル、今向かい校舎の子が三人で、あの子ってどんな子？　って聞きにきたよ」

「なんで？」

「わかんないけど、何かしつこく聞いてきた」

訳が分からなくてキョトンとしている春菜に、駆け付けた柳沢さんが言った。

「ハル、きっと今朝の事だよ。商業科の教室から渡り廊下が見えるから～」

■桐山先生に道をあけさせた（これは本当だが待ってもらったが事実）
■優等生ぶって先生に取り入っている（覚えがないし第一私は優等生じゃない）

一部の生徒たちだけにしろ、そんなことを言われるのは、春菜にとっては心外中の心外だった。

第一本当ではなくてもそんな事が先生の耳に入ったらと思うと居ても立ってもいられなかった。

「放っときなよ。噂なんてすぐに次に移っていくから」

「でも桐山先生だからね、ちょっとうるさいかもしれないよ」

「大丈夫、何を言われても私たちが守ってあげる」

クラスの友だちは言ってくれたけど、次にはもっと恐ろしいことが待っていた。


春菜は中学生の時から図書委員会に入っていた。

読みたい書物が沢山ある図書室が、何より居心地が良かった。

中学の時は、図書室も普通教室として使われていたので、廊下の隅の図書コーナーだったけれど、それでも十分満足だった。

今は、明るくて広い図書室にジャンル毎に蔵書が並んでいる。

春菜はお弁当が終わった昼と放課後は殆どそこに入り浸っていた。

その日も春菜は、家庭科の子と二人で、書架の整理をし終わり、前から気になっていた梶井基次郎の『檸檬』を読んでいた。


放課後の運動場は部活の生徒たちで賑やかだ。

陸上部の生徒たちの走る姿はかっこ良い。

テニス部のラケットを振る動きは機敏で、無駄がない。

どの部活からも、大きく短い掛け声が絶え間なく上がっている。

しんとした図書室に届く声は、静けさをより静謐なものにしてくれる。


その日は、三年生の図書委員会の先輩が二人来て、

「あら？　もう書架の整理はしてくれたのね。助かったわ」

「何か用があったら声かけてね。私たちは受験が迫っているから時間が惜しいのよ」

と言って、図書室の端っこにいってノートと参考書を広げて受験勉強に励んでいた。

高校を卒業したら、調理の専門学校に通うという家庭科の子は、調理の専門書を読んでいた。

家は駅から少し離れたところの洋食屋さんだそうだ。

三人姉妹の長女の彼女が跡継ぎになるのだと言っていた。

大正時代から続く老舗店で、オムライスやクリームシチューが絶品だと、同じ地域から通ってくる小山さんが教えてくれた。

「この間も蒲田の撮影所から俳優の誰かと、女優の〇〇がきていたって！」

でもその子は、そんな自慢めいたことはひとことも言わなかった。

無口だけれど、やることはきちんとやる彼女と春菜は気が合っていた。

その日も探し出した調理関係の本を広げ、ノートに何か書き写していた。


それぞれの思いをそれぞれが没頭することで成し遂げていく。

昼下がりのそんな図書室の雰囲気も春菜は凄く好きだった。


誰かが入ってきた。

反射的に春菜と彼女は立ち上がった。

「ああ、いいよ、そのまま続けていて」

手に本を持って入ってきた桐山先生は、真っすぐに三年生の所に行った。

「これで良かったら使ってみてごらん。自分が受験の時使った参考書だから」

三年生の一人が立ち上がって、

「ありがとうございます。この学校からは理工科に進む子が少ないから、今ちょっと孤独な戦いなんです。先生に相談してよかったです」

と初めて聞くような弾んだ声を出した。

凄く頭が良いと評判の先輩は秀才さんと呼ばれている。

いつも物静かで大人っぽい秀才さんが喜んでいる姿は、とても可愛く見えた。

それにしても、

「秀才先輩は国立の理工に進むんだ。すご〜〜い」

もっとも苦手な科目を選ぶ先輩は春菜にはやっぱり眩しかった。


その時春菜がふと目にとまった五段目の書架の本が斜めに傾いていた。

他のことは迂闊で注意ばかりされているのに、春菜はこと本に対してはそういうのを放っとけないたちだ。

小柄な春菜は階段式踏み台の一番上まで上って本を直した。

上の書架にある本を、生徒たちが手に取ることは少ない。

その本も『語源学』『有職故実』『日本の神事と朝鮮王朝』とか、殆どの女子高生の興味対象外の書籍類の中にあった。

分厚く革張りの表紙の本は重い。

ブックエンドも必要ないくらいのその本がどうして傾いたのか、不思議だったけれどたしかに傾いていたのだ。

足元の覚束ない上での作業は、ちょっときつかったけれど思い通りにきちんとできたしほっとした分、油断してしまった。

上から二段を降りようとしたとき、ぐらっと体が揺れた。

「あぁっ」と思ったとき踏み台が固定され、桐山先生と目があった。

退室しかかっていた桐山先生が、とっさに押さえてくれたのだ。

「大丈夫？」

先輩が首をのばして席から声をかけてくれたけれど、春菜は恥ずかしさが先に立って、頷くのが精一杯だった。

たまたま家庭科の子はトイレのため席を外していたから、恥ずかしさを共有してくれる友だちが居なかった。

「ごめんなさい。ありがとうございました」

春菜は口の中でもごもご言った。

「書籍類は、思った以上に重いから気をつけないと、危ないよ」

そう言って桐山先生は、図書室から出ていった。

ヒヤッとはしたけれど、ただそれだけのことだった。


偶然というのは、案外あることかもしれない。

しかしその偶然は春菜にとって信じられないほどの不本意を伴って襲ってきた。


春菜にとっては許しがたい向かい校舎の三人の生徒との場合だ。

《盲亀の浮木、優曇華の花》と言うほど稀なことが重なったのだ。

図書室の窓は普通教室と違って、ひとつひとつ狭く区切られお洒落にできている。

偶然通り掛かったその三人の視界に入ったのは、上を向いて踏み台を押さえている桐山先生と、下を見ていた春菜の姿だった。


渡り廊下の春菜を目撃した三人だったから、無事に済むはずが無かった。

次の日の三人の報告は、たちまち尾ヒレのみならず、背ビレ胸ビレおまけに腹ビレまでくっつけて、学年中に広まった。

「桐山先生と普通科のあの子が、誰もいない図書室でキスしていた」と。

「ねえ、聞いた？　また例の三人がハルの噂しているよ」

たちまちみんなは声の主の周りに集まった。

「まさか」「その子たちはなんでそんな事ばかり言うのよ」

みんな口々に言ってくれたけど春菜にはそんな噂は物凄く恥ずかしくくやしい。

今まで何でも相談してきたお母さんにだって言いにくい。


第一どんな顔をして桐山先生の授業を受けたらいいのだろう。

無責任な噂に春菜の怒りは収まらなかった。


「ハルは可愛いから、ヤキモチの対象になっているのよ」

柳沢さんのこの言葉はちょっと嬉しかったけれど、それどころではない。

そこで春菜ははっと気が付いた。

「リュウちゃん、お姉さんに言って！　図書室には図書委員の三年生が二人居たの」

家庭科の子はトイレで居なかったけど、これは強力な証人になる。

「あの秀才さんね。それともう一人は中学時代からお姉さんの親友だよ」

柳沢さんは頼もしく請け合ってくれた。

帰りの電車の中で浮かない顔の春菜に、

「ハル、明日は知らん顔して出てきてよ。食後の一服の笹木龍子さんを見習いなさい」

「無理」

そんな会話のやりとりがあって家に着いたが、ついにお母さんには、話せなかった。

次の日殊更重く感じるカバンを提げて電車に乗った。


お昼休みに風紀委員の三年生が二人付き添って、噂を流した三人がきた。

「見間違えました。すみませんでした」

下を向いて小さな声であやまった。

「もっとはっきり目を見て言ってください。それでは反省の意志が伝わらない」

三年生の口調は厳しい。

「ごめんなさい」

「良くない噂は一度流れてしまうと、それが間違いだと分かってからも、ずっと続きますよ。学校の品位を傷つけるようなことは二度としないようにね」

風紀委員の先輩は、殊更厳しい声で下を向いている三人に言い、

「冬木春菜さん、不愉快だったでしょうが、これで許してあげてね」

と優しい声で言ってくれた。

心の中で春菜は『一度ならず二度までも』と悔しさが渦巻いていたが、顔には出さず、

「はい」と返事をした。


柳沢さんが言った。

「あの三人は、今朝、三年生に呼び出されてこってり絞られたんだって。

秀才さんは勉強意外は興味が無い人だけど、受験に必要なことを教えてくれる桐山先生の大ファンだし、変な意味じゃなくて仲がいい桐山先生のことだから凄く怒っていたし、お姉さんの親友は本が大好きな文学少女で、同じ文学少女のハルがお気にいりだから、もっと怒っていたって」

「でもさあ、いくらいい加減なことを言い触らす子たちでも、三年生に呼び出されたら怖いよね」

「怖い〜〜」「ちょっといい気味」
皆が味方をしてくれて、春菜は嬉しかった。
そして放課後、教室にデンタツたっちゃんが来た。
「冬木春菜さんね。うちのクラスの子がたいへん失礼なことをしました。
担任としてお詫びします。二度とこのようなことのないように、しっかり指導します」
と真剣な顔で言ってくれた。
春菜はとんでもなく大きなことになってしまっていることに困惑したが、ただ、
「はいっ」
と返事をした。
それにしても、これから桐山先生の授業はどんな顔をして受けたらいいのかしら？
絶対先生の耳に入っているし〜。

胸のつかえが全て取れたわけではなかったけれど、皆が心配してくれたから、今日帰ったら全部お母さんだけには報告しようと心に決めた。
何でもうちの人に話す春菜が躊躇したのは、中学生の時、幸い未遂に終わったけれど、義理のお父さんにとんでもないことをされそうになった同じクラスの女の子のことを、お

父さんやお兄ちゃんに言えなかったこと以来だ。

今度もお父さんには言わないでってお母さんに頼むつもりだ。

「それで春菜は浮かない顔をしていたのね。お母さんだって高校の先生よ。その日のうちに相談してくれれば良かったのに。

でもね、そんなのはよくあることよ。気にしなくてもいいわ」

と報告した春菜に言ってくれた。

「お母さんは公立高校だから、女子校とは違うかもしれないけれど、男女生徒どうしや先生と生徒の問題も少なくないのよ。春菜みたいに濡れ衣を着せられて悩んだ挙げ句登校拒否を起こした子だって知っているわ。

春菜はよいお友だちや、優しい先輩に出会えたことに感謝しなくちゃね。それにすぐ対応してくださったデンドウ先生にも～」

そして桐山先生についても、

「女子校の若い男の先生なら、他にもいっぱいそんなことがあるでしょうから、春菜のことなんか、苦笑いでおしまいよ」

普段どおりにしていなさいというお母さんの言葉に、春菜はようやく安心した。

お母さんの言うとおりだった。

黒い閻魔帳と化学の教科書を持って教室に入ってきた桐山先生は、いつも通り春菜がノートをとるのが精一杯の難しい授業をして、いつも通りチャイムと同時に教室を出ていった。

「あ〜あ、今の授業もさっぱりわかんない」

と言ういつもの小山さんの声に、

「三年生の秀才さんならわかるんだろうね」

という今までなかった声があがったくらいだ。

春菜は、笹木さんと目があった。

笹木さんは珍しくちょっと笑って「ドンマイ」と言ってくれた。

春菜は考える。

他を気にして、おたおたと悩んでしまう自分の弱さと、身に覚えのない噂は聞き流して平常心を保っていられる笹木龍子さんの強さを。

山下女子学院高等学校の先生方

古典の山内よし先生は、いつも紺の袴姿だ。

春菜たちにはとてもおばあさんに見えたが、お姉さんがこの学校の卒業生の友だちは、

「お姉さんが入学した時から全然変わってない」

と言っているそうだ。

「ということは、若いときからおばあさんだったっていうこと？」

とみんなは容赦ない感想を口にしていた。


よし先生は教卓に教科書を広げて座って授業をする。

『更科日記』を淡々と現代語に訳す授業は、古典の苦手な生徒たちには睡眠剤の役割をしている。

鈴木さんは、頬杖の手が外れて机に顎を強打した。

「ガタン」という音でハッと目が覚めた鈴木さんに向かって、

「大丈夫ですか？」

と、よし先生は声をかけた。鈴木さんはすかさず、

「はいっ大丈夫です」

と返事をし、先生は、

「そうですか」

と言うと表情を変えず続きを始めた。

みんなは笑いを堪えるのに必死だったが、そんなのは日常茶飯事だった。

春菜は古典が好きだったし、よし先生の無駄のない淡々とした授業も好きだった。よく聞いていると、時々たくまざるユーモアを挿んでいることがあり思わずクスリと笑ってしまうのもとても楽しかった。

例えば、『更科日記』の「今の若い人ははしたない〜」という件には「何百年も同じことを言い続けているのね」とさらりと口にしたり、『堤中納言物語』の「虫愛づる姫君」の時には「生まれてくるのが早過ぎたのね、今なら昆虫学者になれたのに」と呟いたりするので、春菜は思わずウフフと声が出る。

「ねえ、なんで笑っているの？」

隣の席の子が、不思議そうな顔をする。

古典に興味のない彼女は機械的に、ノートをとっているだけなので、よし先生の言葉を聞き逃しているのだ。

そのよし先生が、廊下ですれ違ったとき、

「冬木さん、変な噂なんか誰も信じていませんよ」

と言ってくれた。

高校生になってからの春菜には、夢があった。

第三者には妄想としか思えないかもしれないけれど、春菜はずっと胸にあたためてきた夢だ。

もし自分に大切な人ができたら、あまり人に知られていない小さな入江で大切な人と海に沈んでゆく夕陽を眺めたい。

波の上にできる光の道が消えるまで、茜色に染まった二人だけの世界に浸っていたい。

いつ実現できるか分からないけど、きっとそんな日が来ると春菜は信じていた。

そんな夢が汚されたみたいで、春菜は胸に鉛の塊がず～んと居座っているような悔しさを抱えていたが、よし先生の言葉で、少し気が楽になった。

担任の坂下先生

春菜たちの担任は国語担当の坂下先生だ。

とても華やかな女の先生だ。

坂下先生は、化学の桐山先生と英語の梅田先生と一緒に新卒で赴任してきた。

『新卒で担任を持つって優秀な人』と話題になった先生だけど、周りの先生方とあまりに違う独特の個性を持っていた。


「ハル、坂下先生って日の川中学の音楽の丸パンにちょっと似てない？」

相田さんが言った。

「確かにね。でも似て非なるものかな？　というより雰囲気がまるきり違う」

と春菜は答えた。


丸パンこと丸山先生は、真っ先にきつい印象を周囲に与える。

キュッと釣り上がった眼鏡の赤いフレームには光る石がいっぱい付いていたし、春菜が履いたら絶対につんのめってしまうほど踵の高いハイヒールにショルダーバッグを肩に引っ掛けて颯爽と登校してきた。

当然保護者からの評判は芳しくなかったが、実は女子からもそういう見かけを嫌うはずの男子からも人気があった。

どんな時にも誰に対しても、公平にきちんと筋を通した対応をしたからだ。

女性とか先生とかではなく、あくまでも丸山先生個人の個性を漂わせていた。


対して坂下先生は、誰が見ても女性であった。先生の前に女性であった。

透き通るように白い顔に、夜会巻きに結いあげた髪型はよく似合っていたが、黒板の前には何となく違和感があった。

フワッと膨らんだスカートの花柄のワンピースは胸元が大きく開いて、豊かな胸を際立たせていたし、すれ違うと香水の香りがした。

教室に入ると「ごきげんよう」と首を斜めにまげて、みんなをゆっくりと眺める。

不審だと感じることがあると、ゆったりと言う。

「あらぁあなた、それはなあにぃ？」

先生の概念から大きく外れた見かけに反発した生徒は少なからず居たが、授業は別だ。

春菜は、坂下先生の現国も、古文特に『源氏物語』の授業も待ち遠しかった。

古典専門の山内よし先生の授業とはまた別の魅力があった。

「野分き立ちて、にわかに肌寒き夕暮のほど〜」と読み上げる声は艶やかでその世界に誘ってくれる。

「それはね、ハルが特別なの！　私には子守歌にしか聞こえないよ」

と柳沢さんは、断固として言い張るが。

賛否両論というか、否の方が多かったけれど、同じ古文でも教える人の感性でこうも違うかと初めて気が付いたのは、坂下先生のおかげだ。


桐山先生のことは解決したと心ではわかっていても、どこかで鬱々とした気分を引きずったまま、三日ほどたった頃だ。

放課後、図書室に坂下先生が入ってきた。

家庭科の子と二人だけの時だ。

三年生は、受験があるため放課後の委員会は週二でもいいことになっていた。

「冬木さん、ごきげんよう。少しいいかしら？」

相変わらず優雅である。

「ここ二、三日、貴女が元気がないってお母さんが、心配していらっしゃるわ」

『お母さんが？　どうして？』

意外な顔の春菜に坂下先生は言った。

「お母さんから電話があったの。

電話があったことは貴女には言っていいかどうか迷ったけれど、貴女には素敵な味方がいることを報せておいたほうがいいと思って。

世の中って思いがけないことがよく起こるものね。

学校だって例外じゃないわ。

むしろ好奇心旺盛な年頃の人たちの集まりだから、立てようと思えば、無いところにも煙は立つし、根も葉もなくても話には花が咲いてしまうのよ。

放っておけばいいのだけれどちょっと怖いところは、話の中に入っていると、そんな事はないとわかっていても、話に乗ってしまうところなのよ。

その方がおもしろいと感じる人は少なくないから」

その時、生真面目な家庭科の子が話に入ってきた。

「冬木さんに、凄く嫌な思いをさせちゃったのは、私がお手洗いなんかに行っていたからです。本当にごめんなさい」

それを聞いて坂下先生は「ほほほほほ」と笑い、春菜は慌てて「それは違う」と訂正した。

その子は生真面目な顔で坂下先生を見つめて言ってくれた。

「でも、今度のは他の噂と比べられないくらい、低俗で下品なつくり話です。私だって、もしそんな事を言われたらって思ったら、冬木さんがどれだけ傷ついたか想像できます」

春菜は思わず泣きそうになるほど、嬉しかった。

坂下先生は「そうよねえ」と言った後、

「冬木さんは、良いお友だちや先輩がいっぱい居ていいわね。

そして、冷静で優しいお母さんもいてくださって、うらやましい。

私なんか、一人で闘っているんだから〜いろいろなことを言われているのはわかっているけれど、今のままが私の生き方なのよ。放っておこうと思っても、心がモヤモヤすることだってあるのよ。私は立場上耐えるしかないけれどね」

先生の本音を初めて聞いた春菜も家庭科の子も、坂下先生の違う一面を見た気がした。

そしてそれは、坂下先生に今までに無かった親しみを感じさせるものだった。

春菜は坂下先生や家庭科の子と話せたことですっかり気が晴れた。

そして、春菜がちょっと疑問に思っていたことも解決した。

春菜に先生たちが声をかけてくれたのは、お母さんからの電話のせいだったのだと。


春菜は、坂下先生に言った。

「先生、私お母さんが電話してくれたことがわかったって、言わないでおきます。ただ先生たちに優しく声をかけて頂いたことは、伝えます」

明日からはいつものとおりの春菜で、明るく過ごせそうな気がしてきたからだ。


そして今日春菜は、身に染みて学んだことがある。

人を陥れようとする噂話の無責任さだ。

それが嘘だとわかっていても『それの方がおもしろいから〜』と話しているうちに真実になってしまうのだとしたら、それはとんでもなく怖いことだ。

「食後の一服」の笹木さんのことだって、みんなそんなはずはないってわかっていたのかもしれない。

実際春菜が見たのは「食後の一服」ではなく、校舎の裏で一人でエミリー・ブロンテの

『嵐が丘』を読んでいるの笹木さんの姿だった。

春菜は、自分は生涯絶対守ろうと自分に誓った。

「自分の目で見て、自分の耳で聞いたこと以外のあやふやな話は絶対に信じない」と。

十七歳の冬木春菜が、初めて体験したことは、少しだけ春菜を大人にした。

明るいクラスメート・親切な先輩・良い先生たちに出会えて、初めは少し不本意だった山下女子学院高等学校が、春菜は何時の間にか大好きになっていた。

英語の梅田先生

とても背の高い英語の梅田先生は、坂下先生や桐山先生と同じ年に赴任してきた。先生方紹介の時に「うわ〜」と小波のように声無き声が拡がった。

「こんにちは、英語担当の梅田です。背は一七二センチあります。高いところのご用は任せてください。よろしくお願いします」

と挨拶して、一遍で人気者になった女の先生だ。


春菜もみんなも梅田先生は当然バスケット部のコーチになると思っていたが、演劇部の副担当になった。

「いくら背が高いからって皆がバスケやバレーボールができるわけじゃないのよ。中学生の頃から、部活に入るように声が掛かったけれど、運動音痴の私は皆の足を引っ張るのは目に見えているし、興味もなかったから全部断ってきた」

と小山さんに言ったらしい。

小山さんが先輩と一緒に「先生バスケット部のコーチになってください」と頼んだときの返事だそうだ。

演劇部の春菜は、先生が副担当になってくれて嬉しかった。

春菜は演劇部といっても舞台に立つのではなくて、時代考証や、舞台設営や衣装など、裏方志望だったのだ。

できたら脚本にもかかわりたかった。

一年生の時の春菜にはとても手の届かないことだったけれど、そのうちに演出助手の担当にもなれたらと密かに思ったりもしていた。

学生の頃、いろいろな職種の演劇青年たちで結成した小劇団に所属していたという世界史の小山田先生の下で、少人数ながらも充実したクラブ活動に所属していた春菜は、副担当の梅田先生と、最初からとても気が合っていたのだ。

秋の文化祭で『夕鶴』を公演すると決まったときも、当てられた「おつう」役を固辞した春菜の背中を押してくれたのも梅田先生だった。

演劇部に所属しているのは、舞台で演じることが何より好きな人たちの集まりだ。

自分が演じることで舞台を通して皆に感動を与えたい。

それより何より、目立ちたい。

当然役を巡っての争奪戦は心理戦も含めて、かなり激しいものがある。

おつう役は自分がやるものだと思っていた二年生が『泣いていた』と聞いたとき、春菜はすぐに替わりたかった。


でも演劇に関しては小山田先生は自分が決めたことは、絶対通す人だ。

二年生を差し置いての主役は荷が重すぎると尻込みをする春菜に、

「貴女に役を選ぶ権利はない。当てられた役を全力でやり通しなさい」

と聞いてくれなかった。

よひょう役の二年生も「頑張ろうね」と励ましてくれた。

そして春菜が決心したのは、梅田先生の言葉だった。

「裏方が居なければ、舞台は成立しない。貴女が望む裏方に徹するためにも、舞台経験も必要だ。今が良いチャンスです」

そういうややこしいことが得意でない春菜に、なぜこんな役が振り当てられたのか戸惑いの方が多かったけれど、梅田先生の言葉で決心が付いた。

ちなみに春菜が選ばれたのは「小柄で声が綺麗（これは密かに嬉しかった）だからだ」と三年生の先輩が言った。

先輩は笑いながら「私だってやりたいけれど、こんなにごっつい身体のおつうさんだったら、よひょうがつぶされちゃうものね」と。


おつうの衣装は、おばあちゃんの喪服の下に着る白い長襦袢で代用し、おかっぱの春菜の髪は長いおさげ髪を切ったばかりの友だちが、その髪の毛を春菜の髪に括り付けてくれておつうさんの姿形は出来上がった。

当日、大勢の観客の前で春菜は緊張しながら舞台に立った。


大・小道具方の人たちが、天井から吊るした篭から、雪に見立てた大量の白い紙を振りかけてくれ、ひらひら落ちる雪のなかに交ざっていた銀紙がキラッキラッと光り、おつうが飛び立とうとするラストシーンを飾ってくれた。

反省会の前に小山田先生が春菜を呼んだ。

「冬木さんを指名したのは、貴女が裏方希望だと言ったからよ。舞台に立つ人の気持ちが分からないと、いい裏方にはなれない。それにしても演技がどうとか言うより、雰囲気がよくあっていた。貴女を選んだ私は、まちがっていなかった。ちょっと自慢が入ったかな？」

と笑った。

梅田先生と同じことを言ってくれた小山田先生は、でもめったに人を誉めたりしない。だから小山田先生の言葉は、素直にありがたかった。


後に春菜が大学の四年間、演劇に没頭したのはこの時の感動が原点になっているのかもしれない。

勿論、当時の春菜には想像もできないことだが、不思議なことに大学の演劇研究会に入った春菜が、入部した一年生の時から二年間、密かに憧れ続けた三年生の先輩の名前が、小山田先生と同じ小山田孝さんだった。


小山田孝先輩は、秋の大学祭で上演するチェーホフの夫と妻のふたり劇『ばら色の靴下』に妻役には冬木春菜と強く推してくれ、演出も担当してくれた先輩だ。

入部したときから望み通り、裏方として活動していた春菜は当然尻込みをしたが、意を決して舞台に立ったのは憧れの先輩の指名があったからだ。


春菜の役は、帝政ロシア時代の上流階級の妻の役だ。

世間知らずの妻の役で、そんな妻を馬鹿にしながらも、世間に出ていくことを良しとしない夫という、夫と妻の二人の会話のみの心理劇だ。

女性進出を提唱した活動家が履いていたというブルーソックスに対するばら色の靴下は、淑やかで従順な女性の象徴として描かれている。

学生演劇にありがちな理屈っぽく難しい脚本であった。

春菜が、難しい妻役を決心した要因のひとつに、女子校進学に抵抗感のあった春菜に「元始女性は太陽であった」と平塚らいてうの言葉を引用して春菜を励ましてくれたお母さんの言葉がかなり影響している。

春菜は見かけよりずっと負けず嫌いの面がある。

引き受けたからには、悔いの無いようにやり遂げたい。

予定していたデパートのアルバイトも断念し夏休み後半は、休む暇なく稽古に没頭した。夏休みに帰省していた部員たちも、滞在を切り上げて戻ってきてくれた。時には意見の違いから、怒号が飛びかうこともあったが、結果が全てを感動に代えてくれた。それは生涯忘れられない充実した日々だった。

いくら憧れていても小山田孝先輩は、あまり知られていない小さな入江で、二人だけで夕陽の時間を持つ相手ではなかったらしい。
次の年の三月、先輩は故郷のある東北地方の高校の教師として、春菜の心なんて知る由もなく赴任していった。

演劇部の副担当の梅田先生は、先生になった今でも実は翻訳家になりたいのだそうだ。「村岡花子」のように分かりやすく誰にも親しめるような翻訳家になるのが夢だそうだ。村岡花子の名訳『赤毛のアン』が愛読書のひとつである春菜は、たちまち梅田先生と意気投合した。
村岡花子は和訳だが、梅田先生は逆だ。

主に日本の「昔話」を英訳して世界の子どもたちに読んでほしいと思っている。

「でもね、持ち込んでも、どの出版社もみ〜〜〜んな門前払い。もっと優秀な人がいっぱい居るしね、利益にならないとわかっている者の本なんか相手にするはずがないわね」

と言いながらちっともへこんでないところが梅田先生らしい。

そして小説家になりたかった春菜のお父さんにちょっと似ている。

春菜と気が合ったのは、そんなところかもしれなかった。

「桃太郎がピーチボーイじゃ変だし、金太郎がゴールドボーイじゃもっとおかしい」

とふざけて笑っているのもおもしろかった。

「貴女の感性で読書の幅をもっと広げて、自分に納得の行く道を進めばいいわ」

と言った梅田先生の言葉は、春菜に自分の進路に確たる自信を持たせてくれた。


図書委員会の仕事が終わって、帰り支度をしていると傾きかけた陽が円形校舎に茜色の光を届ける。

家庭科の子と二人で、校門を出る頃には、昇降口の前に枝を広げた銀杏の木から金色の葉が二人の制服のうえに降り掛かり、深まりゆく秋の気配を伝えていた。

「今日も一日が終わった。今日の夕ご飯は何かな？」となにげないおしゃべりをしながら、二人でのんびり歩くのも楽しかった。

春菜の高校生活も後半に掛かっていた。

ウエマッチャンの駆け落ち騒動

三年生になった春菜たちは廊下ですれ違う下級生たちに会釈を返しながら、一年生は、なんて初々しくて可愛いのだろうと思う。

学校に慣れている二年生は、とても頼りになる。

三年間続けた図書委員も、今は二年生が中心に回っている。

横浜国大の工学部に進学した秀才先輩には遠いけれど、春菜も委員会の時は、図書室の隅で、参考書を広げていることが多くなった。

全て平和で何事もなく過ぎていった。


クラス中を引っくり返すような事件が起きたのは、夏休みに入った直後だった。

夏休みに入って、暑い日が続いていた。

なん年ぶりかの暑さだとテレビで言っていた。

勉強が一段落したので、お昼の用意をする。

「今日は冷や麦にしましょう」

春菜の家の裏庭には井戸がある。《まだ飲料水に適している》と保健所に水質調査を依頼したときに、お墨付きをもらった自慢の井戸だ。

拭き掃除や、庭木の水やりに使うくらいで、殆ど使っていないが、夏は野菜や果物などを冷やすのに使っている。

「トマトと胡瓜が冷えているから取ってきて」

とお母さんに頼まれて、裏口を出た春菜が目にしたのは、おばあちゃんの履いていた庭下駄だった。

鼻緒屋さんにすげ替えてもらった、新しいままの鼻緒の庭下駄がきちんと並んで立て掛けてあった。

こういう時は、少し慣れたとはいえ、おばあちゃんがいない淋しさが身に染みてくる。

ぶっかき氷を浮かせ、トマトと胡瓜が載ってる冷や麦は夏のお昼の定番だ。

「おばあちゃんは、色の付いた冷や麦をいつも春菜にあげていたわね」

「うん、お兄ちゃんがわざと横取りしてけんかした」

何気ない会話でおばあちゃんを感じようとしていたが、それは余計淋しさをつのらせる。

お父さんは、今日も教職員組合の会合でいない。

「おばあちゃんがいないのだから、お父さんはいてくれればいいのに〜」

いくつになっても、お父さんがいないのは淋しい。

その時、電話が鳴った。

興奮した相田さんの声がした。

「ハル、大変、ウエマッチャンがいなくなったって」

ウエマッチャンは品川の方でお家が植木屋さんをしている、松下さんのことだ。

「どういうこと？」

訳が分からずに、聞き返す春菜に、

「今、リュウちゃんから電話があって、カケオチらしいって。

昨夜ウエマッチャンのお母さんから、リュウちゃんの所に、行き先を知らないかって電話があったんだって」

春菜はおばあちゃんへの思いも、お父さんへの不満もふっとんでしまった。

柳沢さんも、松下さんも中学からの持ち上がり組で、とても仲がよい。

彼女のお母さんが、真っ先に聞いたのも分かる気がするが、柳沢さんも知らないらしい。

「そう言えば、家を継がせるため、お父さんが決めた植木職人さんと結婚させるって言われているって怒ってなかった？」

そんな話を一年生の時に聞いた気がする。

伝統を大事にするお父さんと、新しいことに挑戦したいお兄さんと意見が合わなくて、『それなら娘に良い婿を取って跡を継がせる』と言われたとか。

「冗談じゃないわよ。結婚の相手は自分で決めるわ」

確かにそんな事を言っていた。

「ウエマッチャンは、もう結婚の相手を見付けちゃったってこと？」

「それにしても〜〜」

春菜と相田さんは、あまりに思いがけないことに暫く絶句してしまった。

噂は、たちまちクラス中の友だちの知ることとなる。

動転したウエマッチャンのお母さんが、行き先が分かりそうな友だちに片っ端から尋ね回ったからだ。

「ご内聞に、お願いします」

と言っても、それは虚しい願いだ。

クラスの皆は心配と好奇心の半々で、落ち着かない日々を過ごしていた。

「ウエマッチャンが帰ってきた」

と柳沢さんから連絡が来たのは、それから三日後のことだ。

家出から三日というのは、『わずか三日』というのか『三日も行方が分からなかった』というのか、どっちだろうね」と春菜と相田さんは、ほっとしながらも考えてしまった。

二人にしたら、一日でも重大事件だからだ。


九月二学期の始業式に「ウエマッチャン」は普通に登校してきた。

皆は、事の顛末を聞くために彼女の周りを取り囲んだ。

「夏休み早々ご心配をおかけしました」

とまず皆に頭を下げてから、彼女はおもむろに話しはじめた。

「高校を卒業したら、お父さんが決めた男とできるだけ早く結婚しろ」

と強要されたことに、物凄く抵抗したのだと。

皆は一斉に頷くことで共感の意志を示した。

ウエマッチャンは、カケオチではなかったのだと言った。

「カケオチなんてする相手もいないし〜」

「でも男と一緒だったんでしょ？」

追及の手を緩めないのは、柳沢さんだった。

「私、死ぬほど心配したんだからね」

ほっとしたと同時に「親友なのになぜ打ち明けてくれなかったんだ」と凄く腹が立ったらしい。

「本当にゴメン。でも相手は従兄のお兄ちゃんで新婚の奥さんもいるんだよ」

「話を聞いて同情してくれた二人が、匿ってくれたの。

品川駅まで迎えにきてくれたお兄ちゃんが、リーゼントにアロハシャツだったから、たまたま私たちを見かけた人が、親に言い付けたらしい」

従兄のお兄ちゃん夫婦はまだ十代で、私たちと一歳しか年は変わらない。

二人はその格好と、夜遊びや高校中退という前歴から親戚のおじさんおばさんたちから浮いていたのだそうだ。

今は真面目に自動車修理工をしている二人は、気さくで明るくて、ウエマッチャンは大好きだった。

その二人が「隠匿罪」でさらに親戚から責められないように、彼女は自分から帰ったのだと言った。

「二人は『もっといていいよ』と言ってくれたけど、私も少し反省したし」

その結果は、

「お母さんを泣かせちゃったけど、お父さんは少しわかってくれた」のだそうだ。

皆は、「ああ〜良かった」と胸を撫で下ろした。

春菜たちにとっては、前代未聞の家出事件は、こうして幕を閉じた。


九月に入ると、文化祭に向けて、それぞれが忙しくなる。

今年の秋の文化祭公演には、春菜が脚本を書きなさいと、小山田先生が言った。

「受験で忙しいでしょうけれど、今まで書いていたものにちょっと手を入れてみたら？」

と、言ってくれ梅田先生と一緒に、

「兎に角見ている人が退屈しないように、分かりやすい筋書きにしましょう」

ということで『赤毛のアン』の「葡萄酒事件の巻」を脚色することにした。

「そそっかしいアンが、ジュースと葡萄酒を間違えて遊びにきていた親友のダイアナに飲ませ、酔っ払ったダイアナに、激怒したお母さんが、これからは一切アンと会うことを禁じる」

という筋書きで、かなりコメディーが入っている。

小山田先生の監修の下、殆どの台詞も任せてもらって、仕上げた。

二年生のアン役の子はとても利発で可愛くて、友だちのダイアナ役の子は、ふくよかで品が良く人選は大成功だった。

「脚本を書きたい」という春菜の夢も、演出を手伝いたいという願いもどちらも叶い、見にきてくれたお父さんにもお母さんにも誉めてもらって、春菜の最後の文化祭公演は、裏方としての役を全うできて、ハッピーエンディングで幕を下ろすことができた。

円形校舎に夕陽が沈む

刺すような北風が、少し優しくなった三月の半ば、春菜は進学先をかねて希望していた大学に決めた。

地元の国大とK学院大学に、運良く合格した。

「将来教員になるなら、横浜国大の教育学部の方がいい」と多くの人たちから勧められたが、春菜は、自分の学びたいことの方向性が違っているように感じていた。

「大学は、自分の学びたいことを学ぶためにある。

春菜が言語学や古典に興味があるならK学院は最適な学校だ」

とお父さんの一言でK学院大学に決まった。

二年制の短大に行く子が多かったけれど、相田さんは得意の絵の才能を生かすべく、狭き門を見事にくぐり抜け絵画の専門学校《桑Sデザイン専門学校》に通うと張り切っていた。

「私たちは花嫁修業という名目の元で家業の手伝いだから、勉強なんかあんまりしないで済んだけど、ハルもカナもおめでとう」

と、柳沢さんや小山さんが言ってくれた。

髭分さんは春菜が失敗したW大学に合格し、四年生に在学中のお兄さんと一年間はおなじ校舎で学ぶ。

「すご〜〜い」と皆の尊敬を一身に集めることになった。

受験勉強から解放され、それぞれ自分の進路が決まった友だちとのんびりできる午後は楽しかった。

卒業文集の仕上げの点検のため、図書室で居残り作業をしていた春菜と柳沢さんが、皆から遅れて校門を出たときだった。

不意に後ろから声がした。

「これから、土手を歩いてちょっと遠回りしてみないか？」

と声をかけてくれたのは、桐山先生だった。

そう言えば、校舎の裏手に多摩川の土手がずっと続いていたが、駅とは反対側だったので春菜は三年間土手の上を歩いたことがない。

水量の多い多摩川の河川敷には、白い水鳥が群れていた。

対岸の川崎市の町並みも、工場も初めて見る風景だった。

不意に辺りが赤く輝き始めた。

三月終わりの頃には珍しいくらいの夕焼けは、昨夜から降り続いていた雨が、急にあがったせいかもしれない。

土手の上からだと、春菜が学んだ円形校舎がそのまま見える。

茜色に染まった白い円形校舎は、周りの建物や運動場からひと際浮き上がって見えた。

「きれい」

二人は同時に呟いた。

ひと足前を歩いていた桐山先生が二人に言った。

「夕方ここを歩いていると、自分が育った故郷を思い出すんだ。辺りの様子は全然ちがうけれど、特に雨上がりの川風は、草の香りを運んでくれる」

『へえー先生って案外ロマンチストなんだなあ』と春菜が思っていたら、

「冬木はいま、『僕が見かけによらない』と思っただろう？」

と笑いながら言った。

「いえ、あの……」

図星をさされて、しどろもどろに慌てる春菜に、

「君はずっと変わらないねえ！

新卒の僕が新入生の君たちに出会ってから、もう三年か……早かったような、遠い道のりだったような……どっちだろう」

と問いかけた。

「先生！　私はあっという間でしたよ」

柳沢さんが声を出した。

「私は中等部から六年間ここで過ごしてきたけれど、毎日がすごく楽しかったわ。

特に高校の三年間は、生涯忘れられないと思います。

クラスメートも先生方も大好きだったし……一日一日がどんどん過ぎていった気がしま

す。

私、勉強は苦手だったけれど、それ以上のたくさんのモノをもらったもの」

『リュウちゃん、素敵！』

と春菜は心の中で叫んでいた。桐山先生は、

「柳沢は、人をまとめる力が抜群だ。みんなが寄ってくるってすごいことだよ。そういうのは、そうしようと思ってもできるものじゃない。人徳！」

と言った。そして春菜には、

「冬木は、芯が強い！　自分が好きなこととか『そうしたい』と思ったことは、殆ど成し遂げているよね。

ヘコんだことも、それをバネに前向きになれる子だって、僕は君のことをそう思っていたよ。

一年の文化祭の『夕鶴』の舞台に立った冬木は本当にきれいだったし……」

と言いかけた桐山先生を柳沢さんは遮った。

「先生、女の子が二人いて片方の子の容姿をほめるのは最もルール違反ですよ。それを認めざるを得ないもう片方は心の中で歯ぎしりをしているんだから」

と恐い顔をして抗議したけど桐山先生は「ワッハッハ」と大笑いした。

「まったく……もう……」と言いながら柳沢さんも「ハッハッハ」と笑い出した。

「そういえば、一年生の時桐山先生とハルのことも……」

「リュウちゃん！」

春菜はあわてて柳沢さんのカバンを引っぱったが、遅かった。桐山先生は、

「そんなこともあったけど、あそこまで落ち込まれたら、こっちだってマイッたよ」

苦笑いし、春菜は何と言っていいかわからず口をモゴモゴさせていた。

そんな春菜に先生は言った。

「これから大人になるにつれて、もっともっと理不尽なことがいっぱいおこる。どんな時でも身に覚えがないことは、スラーッと流していく術を学んでいくことが大切だと思うよ。

無責任な人たちには言い訳なんて必要ないし、いちばんは、かかわらないことだ」

「先生の今おっしゃったことは、笹木龍子さんの考え方と似ています」

春菜は、笹木さんのような生き方はできないけれど、共感することも少なからずあったのでつい声が出た。

「冬木は、彼女とそんな話をしたことがあるの？」

「はい、少しだけ……」

「そうか、笹木にそんな話をする友だちがいたなら、本当によかった。彼女は、なかなかわかりにくいけど、真っすぐで、ピュアで本当の意味で強い人だから……」

先生は呟くように口にした。

いつも表情を変えず淡々と授業だけをしていたように見えた桐山先生は、生徒一人ひとりを深く見ていてくださった。

二人は、卒業間近なこの時間が、とても貴重に思えた。

桐山先生が、どうして誘ってくださったのかわからなかったけれど、二人の胸に美しい思い出を刻んでくれたことは、間違いない。

暫く歩いてふり返ったその先に、夕陽が最後の輝きをみせて円形校舎に沈んでゆくのが見えた。

さようなら、そしてありがとう。

私たちの円形校舎!

福田　眞由美（ふくだ　まゆみ）

1941年　神奈川県生まれ
1964年　国學院大學文学部卒業
　　　　私立高校国語科の教諭を経て、横浜市立小学校教諭となる
2001年　定年退職後臨時任用として１年間、３年生担任。後引退

著書
『それでも学校は再生できる』（リベルタ出版・ばばこういち共著）
『助走期 ── 緑ケ丘小学校六年一組市川級』（弘報印刷自費出版センター）
『先生、ひな子、ベリグットだった？』『痛いのいたいの飛んでいけ』
『銀杏どおり商店街の人々』『羽鳥くんの夕日』（以上、東京図書出版会）
他、教育に関するエッセイ・実践発表等

円形校舎に夕陽が沈む

2023年 1 月26日　初版第 1 刷発行

著　　者　福田眞由美
発 行 者　中 田 典 昭
発 行 所　東京図書出版
発行発売　株式会社 リフレ出版
〒113-0021　東京都文京区本駒込 3-10-4
電話 (03)3823-9171　FAX 0120-41-8080
印　　刷　株式会社 ブレイン

ISBN978-4-86641-596-3 C0093
Printed in Japan 2023